目次

1

私はいったい誰なんだろう。

次々と差し出されるページに架空の名前を書き込みながら、ふと、頭の中が真っ白になった。自分の名前や、女だとか娘だとか、そういう役割を理解する前の、ただのころんとした魂だった時代のふわつきを思い出す、心もとなくて広がりのある感覚。確かな記憶はもちろんないのだけど、そんな状態があったことは知っているような。

唐突な浮遊感は、サインを終える頃には流れ去っていた。今日は来てくれてありがとう、と笑顔を添えて、わざわざ他県から来てくれたというショートカットの女の子に単行本を差し出す。女の子は頬をほんのりと赤くして、うつむきがちに机を離れていった。若いうなじを見送りながら、ああそうだ、とようやく自分の名前を思い出す。

「次の方、お待たせいたしました」

今、私は斑木《まだらぎ》アスカという漫画家だ。新刊の発売を記念して、なじみの書店でサイン会をしている。目の前には五十人ほどのお客さんがずらりと列を成している。両隣には編集者と営業担当者が控え、お客さんから本を受け取り、表紙を開き、端を押さえて手際よく私の手元に差し出す。そしてお客さんがレシートの裏に書いた為書《ためが》きの宛名を、そっと私の視界の右上に置く。

私はサインペンを紙面に下ろし、サインと、デフォルメした主人公のイラストと、為書きの宛名を慎重に書き込む。特に為書きは、漢字を間違えないよう神経を遣う。意識のほとんどをペン先に向けながら、なるべく顔を上げてお客さんと話をする。

「デビュー作から持っています」

「新刊が出るの楽しみにしてました」

「友達に薦められて読み始めたんですが……」

「あのシーンが大好きで」

「子供に頼まれて、代わりにきました」

様々なありがたい呼びかけに、はい、ありがとうございます、またよろしくお願いします、とにこやかに受け答えする。後ろにたくさん並んでいて、早くしなければと気が急《せ》くため、実はお客さんの顔はあまり見ていられない。でも、笑う。笑って、感謝が伝わればいいと思う。全力で斑木アスカになりきる。

でも私は、本当に斑木アスカなんだろうか。

初めてペンネームが雑誌に載ったときは、これが私の本当の名前なんだと思った。だけど今は、違うかもしれない、と思う。

かといって、本名の錦野明日香《にしきのあすか》がそうだとも思えない。この名前には年齢だとか、性別だとか、納税義務者だとか、そういう肉体にまつわる重たいあれこれがぞろぞろと縫い付けられている。それは私の性質ではあっても、私そのものではない。

　こうして考えている私は、斑木アスカでも錦野明日香でもない。本当の私とはそのどちらでもない、呼び名のない存在なのではないだろうか。そんなことを思いながら、たくさんのお客さん相手にサインを続けた。知らない人たち。この人たちも、ここ以外の場所では誰かの親であったり、子供であったり、従業員であったり、雇い主であったりするのだろう。

　ただの他人として出会い、親しみ、話をする。それはもしかしたら、とても贅沢《ぜいたく》なことなのかもしれない。少なくとも、家族や同僚であったなら決して出会えない、呼び名の付いていないその人に会える。

　お客さんの中には、時々とても特別なことを伝えようとしてくれる人がいる。私の漫画に触れて感じたことを、漫画家と読者、男と女、若かったり老いていたりといった段差を慎重に踏み越え、手渡そうとしてくれる人がいる。

　あの時も、そんな感じだった。ペン先を睨《にら》み、硬い筆跡で綴《つづ》られた女の子の名前を慎重に書き写している途中で、ふっと声が降ってきた。

「あなたの漫画にはこんがらがったものを根気よくほぐして、別のものに変えようとする力が働いているね」

手を止め、顔を上げてお礼を言った。だから顔を見たはずだ。でも、覚えていない。年配の男性だった気がするけれど、元々私は知らない男性と目を合わせるのが苦手だ。言葉だけが私の中に残り、そんな風であれたらいい、と願った。

母から渡された茶封筒には、屋敷の鍵《かぎ》が入っていた。銀色で、頭部は平たく、鍵穴に差し込むブレード部分に幾筋も溝が彫り込まれた、なんの変哲も無い普通の鍵だ。封筒を逆さにして、転がり出たそれをてのひらにのせる。鍵の頭部の小さな穴には針金が通った赤いふわふわのモールが通され、付け根をねじってうさぎの耳みたいにしてある。財布から鍵を探しやすくするため、祖母がよくやっていた工夫だ。

ふと、周囲の音が遠ざかった。子供の頃、それがいつだったか思い出せないほど遠い日に、父が財布から取り出したこの鍵を借りて、爪先立《つまさきだ》って鍵穴に差し込んだことがある。

「どうした、鍵が違ってた？」

圧倒された面持ちで屋敷を見上げていた冬馬《とうま》が、横から手元を覗《のぞ》き込んでくる。私は首を振って、なんでもない、と言葉を足した。

「ただ、なつかしくて」

「何年ぶりよ」

「二十四年ぶりかな」

「こんな城みたいな家に生まれるとか、ぜんぜん想像できねえ」

金色に染めた頭を左右に揺らし、なんか塔ついてるし、と冬馬は二階建ての屋敷から突き出したとんがり屋根の小部屋を指さした。たしかあそこは、普段使わないものをしまう屋根裏部屋だ。その真下は祖父母の寝室、更にその下は窓がずらりと並ぶサンルームになっていた。

「よく近所の子供に、病院屋敷って呼ばれてた」

「なにそれ、ホラーな理由？」

「ううん、ほんとに病院だったから。ほら、玄関とは別に、サンルームに扉がついてるでしょう。たしか、横の柱に看板が」

まだ、あった。風雨にさらされ泥色に染まり、もう文字の読み取れない板きれとなった看板が、さび釘《くぎ》で柱に打ちつけられている。かつては祖父の隆々たる墨書で、錦野医院と書かれていた。

「おじいちゃんとお父さん、二代続けて内科と小児科を主に診てたの。サンルームは受付兼待合室で、奥の客間が診察室」

「洋館暮らしで、医者の一族かあ。めちゃくちゃお嬢様じゃん」

「見てくればっかり立派で、あまり居心地のいい家じゃなかったよ」

冬馬がちらりとこちらを見たのがわかる。私はモールのついた鍵を玄関の鍵穴に差し込んだ。

覚えのある重めの手《て》応《ごた》えとともに錠が開く。薄暗い玄関ホールに足を踏み入れ、まず目につくのは百合《ゆり》の花を束ねた形の照明器具と、二階へ続く重厚な木の階段だ。屋内は優美なアール・ヌーヴォーのデザインで統一され、サンルームや食堂、客間へと向かう扉には植物模様のステンドグラスがはめ込まれている。長く掃除されていなかったのか、調度品はことごとく埃《ほこり》をかぶり、部屋全体に荒涼とした空気が漂っていた。

記憶の中では、ホールの中央には美しい薔薇《ばら》柄の絨毯《じゅうたん》が敷かれていたはずだ。淡い色味をしていたため汚れが目立ち、月に一度は母が薄めた洗剤と歯ブラシでこすっていたそれが、ない。

「お父さん、最後にどこに行こうとしたんだろう」

出かけた様子もないのにサンルームに同じ洗濯物が一週間近く吊《つる》されている、と近所の人の通報で訪れた警察官が扉を開けたところ、ポロシャツにチノパン姿の父が玄関ホールでうつぶせに倒れ、絨毯に黒い血を吐いて死んでいたらしい。血と失禁汚れが付着した絨毯は、実況見分に立ち会った叔父《おじ》の手配で既に片付けられている。

「散髪とか、病院とか、案外そんな普通の用事だったんじゃないか」

腰に手を当ててホールを見回していた冬馬は、空気を入れ換えよう、と大きな両開きの窓を開いた。

桜散らしの大風が生気の絶えた部屋を一巡りし、草の匂いを残して出て行った。

長く疎遠だった父の死が伝えられたのは、まだ桜のつぼみが膨らんだばかりの、春の初めのことだった。電話越しに母は、なんかさーあ、と職場の愚痴でも始めそうな気だるい声で切り出した。

「死んだらしいのよ」

「誰が」

「あなたの父らしき人が」

「らしき人が」

「冗談だって。父です。あなたの父が」

母は、なんでもないことのように言う。だから私も、なんでもないことのように返した。

「そうなんだ」

「覚えてる？」

「まあ、それなりに」

母が私と兄の手を引いて病院屋敷を出たとき、私は七歳だった。さすがに父の顔ぐらいは覚えている。

「叔父さんのことは？　智《さとし》叔父さん」

「あの、すっごく部屋が汚くてだらしなかった人？　覚えてるよ」

「智さんから、告別式の連絡が来たの。母さん行こうと思うんだー」

「へえ」

「明日香はどうする？」

問いかけられ、頭に浮かんだのは陽炎《かげろう》に歪《ゆが》む夏の道だった。

照り返しで輝く道に、青紫色の影が二つ落ちている。大きいのが父で、小さいのが私。手をつないだり、放したりしながら、草ぼうぼうの公園や揚げ物の匂いがする商店街を二人で歩いた。自販機で麦茶を買ってもらった。私は冷たい缶の中身を飲みきれず、最後はいつも太い喉《のど》をそらして、父が残りを飲み干した。

「行かない」

「そう？　あんた、あの人になついてたじゃない」

「えー、そうだっけ。全然覚えてない」

「そうかー、でもね、ちょっと、うーん」

「なによ」

「なんか、叔父さんが弁護士に聞いた話だと、あの人ね、遺言状であんた宛てになにか遺《のこ》してるらしいのよ。ほら、昔うちら、すっごい洋館に住んでたでしょう？　あんたのおじいさんは資産家だったの。それを引き継いだあの人がわざわざくれるって言うんだから、お金だか物だか知らないけど、ちゃんとしたものだと思うんだよね。それもいらない？」

「え、よくわかんないんだけど。なんで今更？　ってか、そういうのをもらえるのはお兄ちゃんじゃないの？」

「鷹光《たかみつ》にも別に用意があるんだって。なんだろうね、あの人も最後に父親っぽいことしたかったのかね。わかんないけど」

ははは、と母は軽い調子で笑う。私が父の遺産を受け取っても受け取らなくても、葬式に行っても行かなくても、本当にどうでもよさそうだ。母のこの、寛容とも薄情ともつかない淡泊な性質を目にするたび、私は胸を軽い力でとん、と衝《つ》かれたような気分になる。

短く考え、行こうかな、と呟《つぶや》いた。あっそう、と返し、母は週末の葬儀のスケジュールと会場への行き方を告げた。

「まあ、たいして弔問客も来ない気楽な式だと思うよ」

あっさりと言って、電話を切る。生温かいスマホを耳から外し、私はしばらく通話終了の四文字を眺めてディスプレイを暗くした。

私が子供の頃、母は私と兄を連れて、父の実家にあたる屋敷を出て行った。母は父に殴られ、祖母にはいじめられていた。だから母が父やその親族に対して冷たい物言いをするのは当たり前のことだ。私は母の味方なので、つい彼女の真似をしてしまう。口調をなぞり、父や祖父母のことを、どうでもいいもののように話してしまう。

土曜の夕方、私は着慣れない黒のワンピースに小粒の真珠を合わせ、屋敷近くの斎場に辿《たど》り着いた。

鯨幕が張られた会場に入ると、白い布張りの棺《ひつぎ》のそばにただ一人、くつろいだ姿勢で腰を下ろしていた男性がひらりと片手を上げた。叔父の智さんだ。二十数年ぶりの再会にもかかわらず、どこか西洋人めいた彫りの深い目鼻立ちに覚えがあった。

「来てくれて助かったよ。これで俺も、式を開いた甲斐《かい》があったってもんだ」

同居していた頃はほとんど自分の部屋から出てこない、顔を合わせればへらへらと笑ってどこかへ消える、頼りない感じの中年だったのに、初老を迎えた智さんはずいぶん落ち着いた笑い方をする大人になっていた。版画家として活動するかたわら、千葉の沿岸で奥さんと一緒にカフェを営んでいるらしい。

「ご無沙汰《ぶさた》しています」

「うん、あと十分くらいで坊さんが来るから。あ、そうだ明日香ちゃん、兄貴の顔、見たい？」

「えっ」

「まあ、見たくなったらそこの棺についてる窓を開けて。俺はなんか気詰まりだったから閉めちゃった」

智さんは肩をすくめ、ぼんやりとした眼差しを正面の祭壇に置かれた白木の位牌《いはい》とその周囲の白菊に向ける。ちょうど良い写真がなかったのか、壇上に遺影は見当たらない。

私は閉じた窓をしばらく眺め、棺の前に五脚ずつ二列に並べられたパイプ椅子の、前列の一番端に腰を下ろした。

父の肉体が、すぐそばにある。ほんの、一メートルもないくらいの距離に横たわっている。

最後に父の体に触れたのはいつだっただろう。小学校一年生の夏休みまで遡《さかのぼ》って、やっと心当たりが浮かぶ。祖父母が軽井沢《かるいざわ》にある知人の別荘に出かけ、錦野医院が夏期休暇に入る八月の半ば、私と父は毎日のようにぶらぶらと当てのない散歩を繰り返していた。

行き先は、だいたい喫茶店かラーメン屋かパチンコだった。私はラーメン屋が一番嬉《うれ》しかった。お店には大人の背丈ほどの本棚が置かれていて、煮しめたように茶色くなった古い漫画本がたくさん並べられていた。子供向けの小さなラーメンを食べ終えた私が『めぞん一刻』や『ベルサイユのばら』をむさぼるように読む間、父は味玉とシナチクとチャーシューの三点盛りを肴《さかな》に小さなグラスでビールを飲んでいた。『漂流教室』も『ゴルゴ13』もそこで読んだ。怖いシーンになると、私は父の膝《ひざ》に入った。父は私が何をしていても気にせずに、店に設置されたテレビを眺めていた。

喫茶店とパチンコの時は、だいたい私は持参した自由帳に絵を描いていた。昔から絵を描くのが好きで、私は両膝を立てた体育座りの姿勢で、何時間でも没頭していられた。時々パチンコに勝つと、父は私に粉っぽい板チョコをくれた。パチンコだけは他の家族には内緒だったので、その場で半分に割って二人で食べた。

祖母は外食を嫌う人だったし、母は私が漫画を読むことをあまり好ましく思っていなかった。祖父の趣味はクラシック鑑賞とピアノ演奏で、学習塾で一番の成績を誇る兄は私たちがだらけている間にも勉強していた。そして、智さんは私が幼稚園児の頃に屋敷を出たまま帰らなくなっていた。

ラーメン屋の油っぽい畳に寝そべり、父の膝を枕にうたた寝をしながら、私は父を、仲間だと思っていたのかもしれない。居心地が悪いほど立派なあの屋敷で、立派になれない私たち。

やっぱり顔を、見ておこうか。気持ちが揺れて、体も揺れる。立ち上がろうと棺へ向けて上半身を傾け、みしりとパイプ椅子がきしんだ。

その瞬間に、思い出す。床のきしみを気にして暗い廊下を歩いたこと。隙間から光を漏れさせるリビングの扉のすべすべした感触と、少し香ばしいニスの匂い。低く流れた、父の声。

私は傾けた体を背もたれへ戻し、浅く息を吐いた。

背後から賑《にぎ》やかな話し声が近づき、特徴の無い黒いスーツを着た母と、私と似たような黒いワンピースを着た見知らぬ中年女性が連れ立って顔を見せた。

「明日香、こちらご近所の草壁《くさかべ》さん。様子がおかしいって通報してくれた人だよ」

「ああ、どうも。ご迷惑をおかけしました」

謝るべきなのかお礼を言うべきなのか迷いつつ会釈をすると、草壁さんはいえいえいえとよく通る声とともに首を振った。

「たまたまなんです、たまたま。ほら、錦野さんのお宅から少し先に行ったところに、接骨院があるでしょう？　腰痛の治療で一日おきに通ってるんですよ。それでね、前を通るたび、先代の先生に中耳炎を治してもらったなあとか思い出して、お屋敷を眺めるのが癖になってたんです。それで、サンルームの洗濯物がね、あれ、ずいぶん長く干しっぱなしだなあって……もっと早くに気がつけばよかった。本当に本当に……ごめんなさいね」

驚いたことに、草壁さんは目尻《めじり》に涙をにじませていた。小さな鞄《かばん》から白いハンカチを取り出し、品のいい仕草でしずくをぬぐう。はあ、まあ、そんな、と意味の無い言葉で場をつなぎ、顔を背けるかたちで母に話しかけた。

「そういえば、お兄ちゃんは？」

「鷹光は来ないってよ」

「あ、そうなんだ」

お金につられた私とは違って、潔癖な兄らしい対応だと思う。けど、それなら遺産は受け取らないつもりなのだろうか。母に聞いてみたいけれど、他の人がいる場では聞きにくい。最後に父の遺言状作成に立ち会ったという弁護士の平林《ひらばやし》さんが息を切らして駆け込んできて、時間になった。

斎場スタッフの挨拶《あいさつ》に続き、袈裟《けさ》をまとった僧侶《そうりょ》がやってきて棺の前で読経を始めた。

低く朗々とした声の海に浸っていると、そばに控えたスタッフから焼香を促される。智さんと母が顔を見合わせ、お互いに譲り合って無言で手のひらを向けたり、顔を左右に振ったりした。すでに家族の縁が切れた実弟と、離婚した妻。どちらがより故人に近いのか、なかなか複雑だ。数秒のやりとりの末、それじゃあとばかりに浅く頷《うなず》いて智さんが腰を浮かせる。動作がなめらかなので、もしかしたらある程度、自分が優先されることを予想していたのかもしれない。

続いて母が、と思いきや、母はとんと私の肩を小突いた。あれ、私が先？　とまごつくと、有無を言わせない感じで顎《あご》をしゃくられる。ぎくしゃくと立ち上がり、智さんに続いて抹香を焚《た》いた。背後に母が並び、その後は平林さん、草壁さんの順に焼香を済ませた。

僧侶は最後に、一度切れてしまった縁も時を経てより強固に結ばれることがある、などとわかったようなことを言い、当たり障り無く葬儀を終えた。

出棺を前に、智さんが母を呼び止め「顔見る？」と声をかけているのに気づいた。どうやら彼は始めに自分が棺の窓を閉めてしまったことを気にしているらしい。あー、一応見ておこっかな、とのどかに返し、棺に近づいた母はためらいのない仕草で窓を開けた。内部を覗き、にじむような微笑みを浮かべる。

「ああ、年とっちゃって」

五秒ほど遺体を眺め、彼女は窓を閉めた。私は結局、最後まで父の顔を見なかった。

棺を載せた車を見送ったあと、火葬場が混んでいるらしく二時間ほど斎場で待機することになった。丁重なお悔やみを述べて帰っていった草壁さんを除く四名で休憩室に入り、自販機のコーヒーで一服する。

「こうしてまた集まってもらうのも大変ですし、いいですかね。本当は、鷹光さんにも来て頂きたかったんですが……」

還暦を過ぎたぐらいだろうか。小柄なやせ形で、穏やかなしゃべり方をする平林さんは、くたびれた革鞄からA4サイズの封筒を取り出した。白紙に万年筆で綴っただけの簡単な遺言状を引っ張り出す。バランスのとれた端正な筆跡に、父はこんなに美しい字を書く人だったのか、と妙なところで胸を衝かれた。

一度、書かれた文章を目でなぞり、理解できずにもう一度頭から読み直した。

「なにこれ」

紙面には、長男の錦野鷹光に定期預金六百万円を相続させること、長女の錦野明日香に住居していた屋敷と土地を相続させること、その他の財産については堀越昌子《ほりこしまさこ》に相続させることが簡潔に記されていた。母は父との離婚が成立しているため、一人だけ名字が違う。

隣に座る母はぽかんと口を開いている。屋敷と土地、と頭の中で反芻《はんすう》する。本当にこれは父の文章なのかと、確認するように平林さんを見た。

「屋敷と土地？」

「はい、遺言者が住居にしていた杉並区《すぎなみ》のお屋敷ですね」

そしてですねえ、と間延びした声を上げ、ボールペンの尻で薄くなった後頭部を掻《か》きながら平林さんは続けた。

「こちらで調べたところ、鷹光さんと明日香さんに相続される財産の他に、株券が時価で百三十万円ほど銀行の貸金庫に保有されていて、これは堀越さんに相続されます。あと、おそらく他に、遺言者が日常的に使っていた口座があると思います。これらは、明日香さんがお屋敷を片付ける際に通帳やカードを見つけてもらえたら助かります」

母は口をへの字にしたぎこちない顔で頭を下げる。やりとりをうわの空で聞き流し、私は再び遺言状に目を向けた。特に気になったのは遺言状の最後に書かれた付帯事項だった。

【私の死後、明日香を除く親族は屋敷に立ち入らないこと。】

「なんだろうこれ。私以外は入るなって」

「さあねえ」

母はうっすらと眉間《みけん》にしわを寄せた。私は遺言状にもう一度目を落とす。屋敷と土地。私だけに開かれた家。六百万と、どちらが当たりなんだろう。でも、屋敷と土地だ。父が最後まで守っていたものだ。声は、思ったよりも明るく跳ね上がった。

「まあ、もらえるものはもらっておくよ。家の中のものを売っちゃえばある程度お金になるだろうし。アンティークの高い家具とか、結構あったよね」

母は難しい顔のまま、そうねえ、と鈍く頷いた。

「あなたのおじいさんおばあさんはヨーロッパが大好きで、現地で買った家具をわざわざ空輸で運んでたくらいだから、珍しいものはたくさんあると思うよ」

「やった。じゃあ、いいよ」

「明日香ちゃん、本当にいいのか？　あの家に住むつもりはないんだろう？　家屋整理なんて大変だぞ。そもそもあんな古くて住みにくい家、持ってたって借り手を探すのも一苦労だ。あの辺りは地盤が沈下してて、大雨が降るとすぐ浸水するんだ。駅からは遠く、周囲は学校だらけ。明日香ちゃんの手には余るだろう。なんなら馴染《なじ》みの不動産業者もいるし、俺がいい形にまとめてやるよ」

それまで黙っていた智さんが心配そうに口を挟んだ。

「いえ、でも……」

ぼんやりとラーメン屋のテレビを眺めていた、父の横顔を思い出す。あの人が、兄ではなく、私を選んで託したのだ。

「やっぱり、自分でやろうと思います。来週には片付けを始めるんで」

「わかりました。それでは、そのように手続きをしておきます」

平林さんが静かに頷く。母はなにか苦いものでも嚙《か》んだような顔をしている。智さんは私から目をそらし、それからずっと同じ姿勢で壁の時計を見上げていた。

　二十数年ぶりに訪れた実家は薄暗く、埃っぽく、散らかっていた。ソファの足元、テーブルの上、階段の端など、室内のあちらこちらに、雑多な小物が入り交じった動物の巣のような堆積《たいせき》がある。本、衣類、ビニール袋、ティッシュ箱、菓子、点眼薬、鞄、ズボンのベルト。

「親父さん、掃除は得意じゃなかったみたいだな」

　新聞と古雑誌が積み上がった山の隙間から銀製の万年筆を引っ張り出し、冬馬は手にしたビニール袋の中に入れる。とりあえず、高そうな小物や貴重品を入れておく袋を用意した。良いものはこうして分けておかないと、すぐに別の雑貨の山に埋もれて見失ってしまう。

　窓を開けたり、屋敷の間取りを確認したり、平林さんに頼まれた通帳や印鑑が入っていそうな箇所に目星をつけたりと冬馬が鼻歌交じりで働いている間、私はうろうろと部屋を歩き回るばかりで、引き出しどころかその辺に置かれた小物の一つにも手を出せずにいた。

　椅子もテーブルも食器棚も年月の分だけ古びているとはいえ、模様や形がどことなくなつかしい。祖父母が、父が、母が、兄が、触っていたり、使っていたり、運んでいたり、無防備な生活の断片がふとした拍子によみがえる。

　この空間が解体されるなんて想像したこともなかった。しかも、これから実際に手を動かして壊していくのは私だ。診察を待つ子供たちが並んで座っていたサンルームのベンチ。グリコ、チョコレイト、パイナツプル、と兄とじゃんけんをして遊んだ階段。母がいつも座っていた刺繡《ししゅう》カバーのかかった椅子。祖母が大事にしていた大きな簞笥《たんす》。そして、子供は絶対に入ることが許されなかった、祖父と父の診察室。背もたれのついた椅子と、角度を変えられる背の高いライト。すり切れたシーツが敷かれた診察台。ニスが塗られた木製の棚には、もう何年も動かされていないのだろうカルテや医療器具が、干からびた標本のように並んでいる。昔は扉に手をかけるだけでも怒鳴られていたのに、ずかずかと部屋に入っても、もう私を叱る人はどこにもいない。

呆然《ぼうぜん》と、記憶よりはるかに狭く感じる一室を見回し、意味もなく真ん中でしゃがんだ。お腹の奥が冷たい手でつかまれたように緊張し、トイレに行きたくなった。懐かしい不安を嚙みしめて三十秒ほどうずくまっていると、尿意は自然とどこかに去った。

玄関ホールに戻り、階段の端に腰を下ろす。冬馬が周囲の窓を開けたため、過去の空気が沈殿した他の部屋に比べてホールはいくらか呼吸がしやすい。

「フィガロの結婚」の序曲を奏でる上機嫌な口笛が近づいてくる。二階から冬馬が軽快な足音を立てて下りてきた。きっと日本離れした屋敷の内装にインスピレーションを受けたのだろう。所属する劇団の新作公演「神の庭から遠く離れて」で、彼は準主役としてモーツァルト役を務める。役作りで染めた金髪を揺らし、弾む足取りで私の前にしゃがむと上目遣いに見上げてきた。私より五つ年下の二十六歳。華奢《きゃしゃ》な顎に大きな目、中性的であどけない顔立ちの冬馬は、少し芝居がかった仕草をするだけでぐっと印象が幼くなり、高校生にも見えてくる。

「どしたの。どっか痛い？」

「平気。なんか、歩き回ってるうちに疲れちゃった。ねえ、どうだろう。けっこうかかりそう？」

「いやこりゃ大変よ。清掃やゴミ捨てまで二人でやったら三ヶ月はかかるんじゃないか。安く買い叩《たた》かれたくないものだけしっかり売って、あとはまとめて業者に処分してもらった方がいいと思う。きりがないよ」

「そっかあ」

冬馬は引っ越し業者でアルバイトをしたことがあり、大体どのくらいの量のものが部屋に詰まっているのか、見回すだけでわかるのだという。彼がそう言うのだから、よっぽど膨大な作業がこの先に待ち受けているのだろう。一階は玄関ホールの他に、リビング、ダイニングキッチン、両親の寝室、子ども部屋、サンルームに診察室。二階は祖父母が使っていた寝室と小さめのリビング、祖父の書斎と、叔父の寝室。その上、屋根裏部屋もある。部屋数を数えて、少し気が遠くなる。

ホールの壁際で埃をかぶった、キノコに似た形のランプを見るともなしに眺める。半透明のガラスに鮮やかな植物や昆虫が描かれたそれは、わざわざヨーロッパから取り寄せた祖母の宝物で、いつだって宝石みたいに磨き上げられていた。あの一つを売るだけでも祖母の心を踏みにじるようで気が重いのに、そんな憂鬱《ゆううつ》をこれから何度繰り返すのだろう。

でもさ、と冬馬が明るい声で付け足した。

「どこの部屋も家具はずいぶん綺麗《きれい》だったよ。特に二階。親父さん、たぶんほとんど使ってなかったんじゃないかな。明らかに高そうなのもあったし、期待できると思う」

「これから物入りだし、ある程度まとまった額になるといいね」

借り手を探すのも一苦労、と智さんは言っていたが、かといってこの昭和の空気を色濃く残す洋館が無価値だとは思えないのだ。片付けさえしてしまえば、例えば映画や雑誌の撮影所として貸し出したり、舞台を用意して劇場やライブハウスとして使ったりと、いくつかの活用法がある気がする。

「……最終的に、六百万かそれ以上は黒字にしたいな」

果物から汁を搾るように上手に上手に運用して、この家から六百万以上のお金を作り出したら、私の方が兄よりもいいものをもらった証明にならないだろうか。呟きに、冬馬が首を傾げた。

「不思議に思ってたんだけどさ。金にするなら、まあ片付けはしょうがないとして、なんで手っ取り早く建物を壊して土地を売るって話にならないの？　ここ都内だぜ？　六百万どころの話じゃないよ」

あまりに乱暴な提案に、一瞬、頭が真っ白になった。

私がこの屋敷を壊して、土地を売り払う？

「えっ……そんなのだめでしょ。なに言ってんの」

「なんで？」

だって、と続けようとして口ごもった。とっさに、怖いと思う。こんなに立派なものを壊すのは怖い。いくら相続させたとはいえ私がここを売り払うだなんて、亡くなった父も祖父母も、ひいては兄や智さんだって、想像すらしていないはずだ。母は、もしかしたら空想くらいはしているかもしれない。でもそれは、悪いことだ。かつての錦野医院を知っている人間には許されないことだ。

しかし一体どうしたらそんな衝動を、目の前のなにも知らない男の子に伝えられるだろう。

「……解体費用だって馬鹿にならないんだよ。それに、あまりいい条件の土地じゃないんだって」

ひとまず智さんに聞いた話をそのまま伝える。実際、税理士を通じて近隣の不動産会社に査定を依頼したところ、不整形な使いにくい土地であることと敷地の一部が地盤沈下を起こしていることで、土地と建物の時価は地域の相場よりもかなり安くなるだろうと回答された。冬馬はわかったようなわからないような顔で、ふーんと鈍く相づちを打った。

その日は玄関ホールを中心に値段のつきそうな品をリストアップし、目につくゴミを拾い集めて帰ることにした。

燃えるゴミを集めた袋の口を縛っている途中、ことん、と頭上で軽いものが床に落ちる音がした。念のため、確認に向かう。

かつて祖父母が使っていた二階の部屋は、使用していない季節家電などが運び込まれて雑然としていたものの、主立った家具の配置はほとんど変わっていなかった。古い暖炉と、飴《あめ》色のロッキングチェアと、天板がガラス製で内部に祖母の七宝焼きコレクションが収められた箱型の木製テーブルと、淡いクリーム色の革張りソファ。祖父が背筋をぴんと伸ばして弾いていた年代物のアップライトピアノもそのままだ。

見覚えのある家具に紛れて、壁際にあまり馴染みのない黒い縦長のタンスが置かれているのに気づいた。上半分が両開きの扉になっていて、下半分は引き出しが三段並んでいる。全体的に品が良く、細工の端々に高級感がある。

扉を開いて、ぎょっとした。それはいくらか洋風にアレンジされた仏壇だった。薄暗い内部には、細かな仏具と黒塗りの位牌が安置されている。長らく掃除されていなかったらしく、位牌のそばには蜘蛛《くも》の巣が張られ、線香立ての周囲には劣化して折れた線香がぽろぽろと転がっていた。

「……男の人ってだめだなあ」

思えば祖父も父も、こういった日常の雑事をまったくしない人だった。この仏壇も、祖母が亡くなってからはほとんど手つかずだったのだろう。悪気すらなく、意識から抜け落ちていたに違いない。そんな想像とともに呟くと、冬馬が驚いた顔をした。

「え、なにその偏見。男じゃなくて、明日香の親父さんがズボラだったってだけの話だろ？」

「あ、ごめん」

そうか、私の世代ではただ当たり前のめんどくさい事実だったけど、冬馬の世代ではこれは差別的なものの見方になるのか。世代差を感じて肩をすくめる。

「ちょうどよかった」

鞄を開き、薄紅色の風呂敷《ふろしき》に包んできた父の位牌を、祖父母のそれに並ぶ形でかび臭い仏壇に差し入れた。扱いに困っていた智さんから、預かってきたものだ。

父の位牌も、祖父母の位牌も、これから行き先を考えなければならない。母も兄も智さんも、これほど長く疎遠だった人の位牌なんて引き受けたくない、と首を振った。特に母は、錦野家とつながりが発生するのをとても慎重に避けている節があった。私も正直、仏壇なんてよくわからないものを自分の家に置きたくない。だけど屋敷を受け取ったのに位牌は拒むなんて、許されるんだろうか。

「結局、なんの音だったんだろうな」

冬馬が室内を見回す。もちろん、異変なんて一つもない。

なにかの拍子に小物でも倒れたか、もしくはいやな想像だけれど、ねずみでも巣くっているのかもしれない。古い家だし、十分にあり得る。

次に来るときはねずみ取りシートをもってこよう。そんなことを相談しつつ、私たちは屋敷を後にした。

2

ポーン、と一つ、音が鳴る。

おろしたての絹を思わせるなめらかな音が、静かな部屋に広がっていく。ありありと、触れそうな重みを持って。

「早く答えなさい」

祖父の声は、穏やかなくらいだった。だけどピアノに背を向けた私の体は少しずつ震えだした。冷えた石壁に押しつぶされているような圧迫感で、身動きがとれない。

ポーン、ともう一度、祖父がピアノの鍵盤《けんばん》を叩《たた》いた。先ほどと同じ音だ。同じということしかわからない。

「答えなさい」

わからない。私にとってピアノは耳で楽しむものではなく、譜面と鍵盤を目で突き合わせて行う、ものすごく難しい指のダンスだった。練習を始めて一年が経っても、左手はいまだに右手につられてリズムを乱した。

舌が、動かない。

ごとん、とピアノのふたを閉じる音がして、祖父は部屋から出て行った。立ったまま、私は泣いていたらしい。

気がつくと白い前掛けをつけた祖母が目の前にしゃがみ、花の香りがするハンカチで涙をぬぐってくれていた。

「女の子なんだから、あんなに厳しくしなくたっていいのに」

慰められていると思った途端、ぼろぼろと勢いよく涙があふれた。背中が痙攣《けいれん》し、うっうっと動物っぽい声が出る。祖母はきゅっと私を抱きしめ、前掛けのポケットから取りだした金平糖を三つ、口に放り込んでくれた。

「あーすかー。担当さんから電話ー」

温かいものが左肩にぺたりと当たっている。優しく揺らし、呼びかけてくる。この触り方は冬馬だ。冬馬、そうだ、私には冬馬がいる。もう誰にも否定されない。あんな怖い思いを、人生で二度としなくていい。

「担当さん？」

間抜けな返事とともに目を開くと、シャワーを浴びたばかりなのだろう髪を濡《ぬ》らした冬馬が、ディスプレイの点《つ》いたスマホをこちらに差し出しているところだった。上半身裸のボクサーパンツ姿で、もう一方の手には底から泡を上らせる炭酸水の五百ミリペットボトルをもっている。私にスマホを渡し、くるりと小麦色の背を向けて寝室を出て行く。

担当さん？　ともう一度頭の中で復唱し、通話中らしい、一秒ずつ数字が進んでいく画面を眺め、耳を当てた。

「もしもし」

「あ、あのっ、すみません、丸川《まるかわ》出版コミックラムダ編集部の緑原《みどりはら》です。こちら、斑木アスカ先生の携帯電話でお間違えないでしょうか」

お間違えないでしょうか？　レモン果汁を連想させる爽《さわ》やかな声で、冗談みたいな敬語を放たれる。電話をかけているのはどっちだ、とうんざりした次の瞬間、そういえばデビュー版元である丸川出版の担当が、前任者の異動にともない交代したことを思い出した。一度会社近くのカフェで引き継ぎの挨拶《あいさつ》をされたけれど、仕事上の付き合いのある編集者の数が多すぎて、若くて頼りなさそうな女の子だったという他は顔も覚えていない。

そうか、打ち合わせの約束を入れていたんだっけか。よろよろとベッドから立ち上がり、予定を書き込んだリビングの壁掛けカレンダーを覗《のぞ》く。たしかに今日の日付の欄に「11:00　丸川　新担当　サボテン」と雑な字で書き込まれている。ちなみに昨日の欄には、「36ページ読み切り〆切《しめきり》」。よくも締め切り翌日に打ち合わせを入れたものだと、数ヶ月前の自分を呪う。

「ごめんね、締め切り明けで今起きた。三十分で行くから」

「あ、お休み中に申し訳ありません！　お待ちしています！」

サボテンとはマンションから徒歩五分の距離にある、オーナーの趣味で様々なサイズの鉢植えサボテンが飾られた小さなカフェだ。臆病《おくびょう》なうさぎのように恐縮する緑原からの電話を切り、重い頭を左右に振る。壁時計は十一時過ぎを指している。原稿のデータを送信して寝たのが朝の五時だったから、一応六時間は眠れたのか。

ぐっと体を伸ばし、水を飲もうと台所へ向かう。蛍光ピンクのＴシャツを着た冬馬が流しに溜《た》まった食器を洗っていた。下は相変わらずパンツ一枚で、上から下までほとんど太さの変わらない植物の茎みたいな足と、毛の生えたすねがあらわになっている。冬馬は少し神経質なところがあって、暇さえあれば掃除ばかりしている。なんでも周囲が整っていないと台本に集中できないらしい。彼が住みついてから、ベランダにはゴミが溜まり、洗濯機からは使用済みの衣類があふれ、流しで汚れた食器が雪崩を起こしていた私の部屋はモデルルームみたいにきれいになった。

だから彼は無条件で、いつまでだってここに居ていいのだ。それだけのものを私は十分にもらっている。健やかな愛情と、締め切り前は特に荒れがちな生活のサポート。時には同じ芸術畑の人間として原稿に意見を出してくれることもある。年の差があり、見てきたものに違いがある分、みずみずしい彼の感性はいつもいい具合に私の盲点を補ってくれた。ここ数年で男性読者や下の世代の読者が増えた理由の一つには、間違いなく冬馬の存在がある。

「今日は稽古場《けいこば》？」

「いや、勉強会。劇団のOBで、今は昼のドラマにちょこちょこ出演してる先輩が主宰してる会があってさ。ずっと誘われてたけどなかなか行けなかったんだ。顔出してくる」

「いいね、いってらっしゃい」

　半年前、辞めることにした、と切り出した冬馬は少しつつけばひびが入るんじゃないかと思うほど青くこわばった顔をしていた。

　私は、どっちを？　とは聞かず、そうだねえ、とわざとゆっくりめに頷《うなず》いた。

「その方がいいかもね。はたから見てても、このままだとだめそうって思うもん」

「だめなのに、ぎりぎりでずっと続けられちゃいそうなのが、だめだ」

　ぎゅっと吹き出物の膿《うみ》をしぼり出すように言って、冬馬は顔をしかめた。バイトが忙しくて演劇に集中できない、がただの事実なのか、それともなかなかブレイクできない自分への言い訳なのか、もうずいぶん前からわからなくなっていたらしい。うん、と頷き、私はなるべくあっけらかんと響くよう軽く笑って返した。

「あのね、ぜんぜん問題ないから。さすがに十年とか二十年とかだと困るかもしんないけど、数年ならなんてことないし。そのくらいは支えられますよ」

「……マジでしばらく支えてもらうことになっちゃうけど、いいですか」

「もっちろん」

「迷惑かけます。とりあえず三年、しっかり打ち込んでみる。……あの、なんていうか、こういうこと頼む時点で明日香にくそ甘えてるってことだし、重たくなったらいつでも捨てていいから」

珍しく敬語で言って、冬馬は硬い顔のまま頭を下げた。あのとき、彼の髪は栗色だった。ずいぶん深くうなだれたものだから、白く骨っぽいうなじが剝《む》き出しになった。

「めいわく」

嚙《か》むように呟《つぶや》いて、私は少し考え込んだ。付き合い始めてかれこれ二年が経っていた。

「ねえ、結婚しない？」

呼びかけに、冬馬はなにか聞き間違いでもしたような、ぼんやりとした顔を持ち上げた。

「へ？」

「だって、そうすれば迷惑とか考えなくなるでしょ。家族なんだから助け合うのが当たり前になるし」

「……結婚なんて、俺が俳優なり他の仕事なりで、上手《うま》く行ってからじゃないの？」

「なんで？　そりゃ稼ぎ手が片方で、男がそれを担うって決まってるならそうかもしれないけど、そんなルールないし。私と君ならとりあえず私が稼げてるわけだから、いいじゃない。……高校出て、ずっと一人でやってきたんでしょう？　私を、冬馬が甘えられる初めての人にしてよ」

「明日香……」

冬馬は一度うつむき、なにかを言いかけ、やっぱりやめて、長い沈黙のあと、ぺこっと一度、頭を下げた。


それから、バイト先のホテルを辞めた冬馬を私の仕事場兼住居だった3DKのマンションに迎え入れ、家の近所に仕事場を借りて、入籍や式の計画を立てているうちに父が亡くなって家屋整理の話が持ち上がり、すべてと並行しながら連載中の作品以外にもカット描きなど複数の仕事をこなし続け、なにもかもがとっちらかって半端なまま、今日に至っている。日々の優先順位の最前列は私の仕事と冬馬の演劇で、手間のかかる入籍と式は一段落してまとまったお金が入ったら、という位置づけでいつしか落ち着いてしまった。

「勉強会って何時から？」

「遅いよ。高円寺《こうえんじ》で十八時」

「午後にまた実家の片付けを手伝ってもらっていい？」

「いいよ。本稽古が始まって俺が忙しくなる前に、力仕事とかめんどくさいのをやっちゃおう」

「ありがとう」

冬馬が所属する劇団は三月、八月、十二月と年に三度公演を行っていて、一番力を入れる八月の夏公演が三ヶ月後に控えている。公演前は朝から晩まで稽古場に詰めっぱなしになる上、稽古期間中のギャラは一切出ないので、これまで冬馬は日中は稽古、夜はホテルの夜勤と、睡眠時間をひたすら削って生活を成り立たせていた。

コップに注いだ水を一息にあおり、うつむきがちにスポンジを動かす冬馬の背中、肩甲骨のふくらみと背筋のくぼみが作る薄い影を眺めた。寝癖が跳ねた金の髪、白いうなじと両肘《りょうひじ》のとがり、バターナイフで余分をそぎ落としたような筋肉質で丸みのないふくらはぎ。冬馬は美しい体つきをしている。見ていて嬉《うれ》しくなる物体が同じ家の中にいるのは幸せなことだ。まるで、きれい好きで気立てのいい孔雀《くじゃく》を一羽飼っているみたいだ。

床に膝《ひざ》をついて這《は》い進み、冬馬の膝裏の柔らかい部分に歯を立てる。びくん、と目の前の体が大きく跳ねた。

「いてえ！」

「ひひ」

「遊んでないで早く行けよ！　担当さん待たせてるんだろ」

「はーい」

私もちゃんと、がんばろう。にやけ顔を洗面台の鏡に映し、顔を洗って化粧をする。頭から被《かぶ》るだけの気楽なワンピースを着て、筆記用具とスケジュール帳、スマホを入れたトートバッグを持って家を出た。

『喫茶サボテン』と小さな看板が出された店の扉を開けると、緑原は他に客のいないフロアの隅のテーブルでこちらに背を向け、縮こまるようにして座っていた。私に気づき、勢いよく立ち上がって頭を下げる。

「締め切り明けでお疲れのところ、申し訳ありません！　本日はどうぞよろしくお願いします」

少し茶色の入ったセミロングの髪が華奢《きゃしゃ》な肩からさらりとこぼれる。片手でつかめそうな白い首、水を張ったように黒々と輝く大きな目。ちょっとしたアイドルみたいにあどけなく整った顔立ちを見て、引き継ぎの際に「まるで大学生だな」と鼻白んだのを思い出した。無傷で、無垢《むく》で、善良であること以外に取り柄のなさそうな、入社二年目のただの女の子。どうしてこんな子を私の担当にしたんだ、と前任者を恨む。

八年前、クリエイター系の専門学校を卒業後、小さな会社のウェブデザイナーをしていた私は給料の安さや待遇の悪さから逃れたい一心で原稿を仕上げ、コミックラムダに持ち込んだ。

「うーん、テーマもシチュエーションも……わざと平凡にしたの？　つまらない日常も私の繊細な感性を通せば光って見えるんです的な？　そういうディティール重視の作風が流行《はや》りだった時期もあるけどさ、今それをやるならもっと個々のキャラクターを立たせて突き抜けないと。ただ、あなたの絵のそっけないんだけど、ほんのり色気があるとこはいいね。一コマ一コマに奥行きがあるし、ちゃんと女の子はかわいいし……どっかでイラスト描いてた？　デザイナー？　あっそう」

担当したのは石本《いしもと》という四十過ぎの男性編集者で、雑な物言いに苛立《いらだ》つこともあったけれど、作品への指摘は適切だった。彼の指導のもとで練り上げた読み切りはアンケートで高評価を集め、すぐに設定を微修正して連載枠を勝ち取った。その『ひとり荒野で踊るなら』という双子のバレエダンサーを描いた作品は話題となり、有名雑誌の人気漫画ランキングの上位に食い込んで私の漫画家としての足場を作った。

　私はどうやら単巻もしくは上下巻で話をまとめるのが一番性に合っているようだった。大きくストーリーを動かしてキャラクターの成長を描くよりも、石本が指摘した通り、日常のディティールを淡々と描き込んだ、てのひらサイズの精密な作品の方が描いていて楽しい。

　その後、私は他社を含めた様々な雑誌で短期の掲載を引き受け、業界をぐるりと一巡りし、今年の秋からまたコミックラムダで仕事をすることになった。石本と、少し無理をしてでも自分の殻を破り、てのひらよりも大きなサイズのストーリーを描いてみよう。そう意気込んで社を訪れたところ、彼の代わりに目の前に押し出されたのがこの妖精《ようせい》みたいな緑原だった。石本は現在、新しくコミック雑誌を立ち上げて編集長に就任したと聞く。

勧められるまま奥の席につき、緑原と向かい合う。彼女は改めて簡単な挨拶を行ったあと、最近の私の仕事についてはしゃいだコメントを述べた。他誌で連載中の青春漫画について、コラムの挿絵について、小説家たっての希望ということで引き受けた単行本の装画について、どきどきしながら読んでいます、きれいでした、あのカットが大好きで、学生の頃から斑木先生と一緒にお仕事するのが夢でした、などなど、本当にそう思っているかもわからない美辞麗句を並べ立てていく。そんな中、緑原が特に熱っぽく言葉を重ねたのが、デビュー作の『ひとり荒野で踊るなら』についてだった。

「はじめは才能のないオルカに共感していたんです。でも、物語が進むにつれて、世界に確かさを感じないまま大きくなったフィンの恐怖もわかる気がして」

　物語はフィンとオルカという二人の少女を軸に展開する。瓜《うり》二つの容姿を持ち、周囲に同一視されて育った二人だったが、ある日突然、片割れのフィンが高名なダンサーに才能を見出《みいだ》される。その日を境に、待遇も、練習環境も、母親や友人からの眼差《まなざ》しすら、二人を取り巻く世界はがらりと変わり、少女たちもそれぞれ変貌《へんぼう》して、似ても似つかない別人になっていく。フィンは輝かしいスターへの階段を上り、オルカは憎しみを糧にバレエを続ける。時間が経ってもなお、少女たちは同じ問いを胸に抱いている。本当に私たちに、違いはあったのか？

　暗く悲惨で救いのない、重い岩をひたすら押し続けたような物語だが、緑原のようにオルカ、もしくはフィンに自分を投影する読者は多く、今でもよく他の作品に向けたものとは熱量の異なるファンレターが送られてくる。

運ばれてきたコーヒーを一口飲み、少しためらってから、緑原は意を決したように切り出した。

「私、あの物語の一番いいところは、フィンとオルカには本当に違いがあったのか、最後までわからない、説明しないところだと思います。フィンを見出したアステル、彼が本物だったのかもわからない。その物語の余白が素晴らしいんです。だって、現実でなにかが起こるとき、完璧《かんぺき》な説明なんてされないじゃないですか。多くの物語は、語りすぎなんです」

強く、自分の見方をはっきりと示す発言に心をくすぐられ、私は初めて正面から彼女の顔を見た。まっすぐにこちらを見つめ、緑原は続ける。

「最近の爽やかな作風ももちろん素敵で、多くの読者の心を射止めていることは間違いないのですが、ぜひ、次の連載では先生の原点に戻って、ずっしりとした重厚な読み口の作品をお願いしたいなと」

もちろん、そのつもりだった。『ひとり荒野で踊るなら』で業界内の足場が出来て、それに続く作品も好調に売り上げを伸ばしている。特に冬馬とつきあい始めてからは、無意識だったものの絵柄や物語の毒気が薄れ、明るいシーンが多くなって一気に読者層が広がった。映像化のオファーも増え、それほど漫画を多く読まない層も新刊を手に取ってくれるようになった。

現在月刊誌で連載中の、おしゃまな小学二年生の女の子が、近所に住むめんどくさがりな男子高校生の手を借りて近所のトラブルを解決していくほのぼの初恋漫画『ノバラとナツオ』は、来期のドラマ化が決まっている。ここで一つ、明るいだけでも暗いだけでもない、骨太で広がりのある作品を作り上げて世間をあっと驚かせたい。

その企《たくら》みのパートナーは石本になると思っていた。だけど、緑原にももしかしたら見所があるのかもしれない。考え込むときの癖で、いつの間にかカツカツとテーブルを人差し指の爪で叩いていた。緑原が神妙な面持ちで私を見ている。カツカツ、カツカツ。思考が巡る。

「実は今、考えている話があって。重ためで、真剣な恋愛の話なんだけどね。現代を舞台に、仕事や子育てや人間関係に悩む男女が、辛《つら》いことをいくつも乗り越えた末にお互いに辿《たど》り着くまでの長い話で」

しゃべりながら、私は思春期の頃に母から聞いた話を思い出していた。

結婚前、母はピアノの講師をしていて、自分の実家にもともと仕事で使っていたアップライトピアノを一台、所持していたらしい。しかし離婚話が進むにつれ、それに反対する実家との確執も深まり、最後にはピアノだけ持ち出して縁を切ることになってしまった。知人を頼ってなんとか就職先は見つけたものの、子供二人に必要なスペースとピアノ、両方の条件を支払い可能な家賃で受け入れてくれる物件がなかなか見つからず、苦労したという。一時期は愛したピアノを売ろうとするほど思い詰めたが、親身になって相談に乗ってくれる不動産会社の男性に助けられ、事なきを得た。あの時代の男の人にしては珍しいタイプだった、と母は懐かしげに呟き、付き合っちゃえば良かったのに、という私の相づちに苦笑いで肩をすくめた。

　時々、思うのだ。もしもその男性と結ばれていたら、母のその後の人生は大きく変わっていたのではないか。理解者を得て、孤独に悩まず、もっと気性の柔らかな、いわゆる普通のお母さんでいられたのではないだろうか。

「最後を、ハッピーエンドにしようと思ってるの」

　緑原の目がぱっと輝いた。一言できちんと通じたのだろう。やはり勘がいい。

「それは素晴らしいです！『荒野』の重厚さと、最近の作品の明るさ、救いとが合わさった、今までにない作品になると思います」

「ありがとう。じゃあ、近いうちにプロットを送るから」

「楽しみにお待ちしています」

　キャラクターの造形やストーリーの方向性について軽く検討し、プロットの提出日を決める。長い作品を描くときは、私は全体の骨子となる大まかなプロットを作り、粗くともネームを全話そろえてから一話目の執筆に取りかかる。この作品はひとまず単行本二巻を目安に、十六話ほどでまとめることにした。

　打ち合わせの落着点が見えたことで、いくらか気が楽になった。ぬるくなったコーヒーをぐっと喉《のど》へ流し込む。緑原も安心した様子で椅子の背もたれに体を預けた。プロットの締め切り日を書き込んだ手帳を嬉しそうに眺め、出会ったときよりもほころんだ表情で私を見る。

　人が口をすべらせるのは、だいたいこういう瞬間だ。

「前からお聞きしたかったんですけど、『荒野』は斑木先生の作品のなかでも特に生々しいというか、こう、リアリティある苦しみの描写が読んでいてぐさぐさ刺さるんです。あんまりこういうことを聞くのはよくないってわかってるんですけど、なにかあの作品のモチーフになった体験が先生ご自身におありなんでしょうか。才能について、誰か憧《あこが》れていた人がいたとか、悔しい思いをしたとか」

　緑原に、悪気というほど確かな意志はない。むしろこういう問いを発する相手は、私と親しくなりたいのだ。私が、そうなの実は学生の頃に一緒に漫画を描いていた憧れの先輩がいてね、なんてそれらしい打ち明け話をすること、内面の共有を誘っている。親しくなるとはそういうことだと思っている。

　私はコーヒーカップを受け皿へ戻し、にっこりと唇の両端を持ち上げた。

「もう忘れちゃった」

「そ、そうなんですか？」

「だいぶ昔だからね、描いたの」

「はあ……」

　もごもごと唇を動かし、緑原は長いまつげを伏せる。私は通りに面した窓へと目線を投げた。午後に行う屋敷の後片付けのことを考え始める。ゴミ袋と、汚れた手をぬぐうウェットティッシュと、お昼のパンと、他になにを持って行こう。薄暗い玄関ホールの風景が頭に浮かぶ。ホールはもう片付けた。今日は次の部屋に手をつけよう。ステンドグラスがはめ込まれた扉が、まぶたの裏に現れる。

色がくすんだ真鍮《しんちゅう》のドアノブをつかみ、握り玉を回転させる。

家族が一番長く時間を共にした一階のリビングの扉は、かちゃ、と軽い音を立てて抵抗なく私を室内へ招いた。汚れを吸って色が沈んだカーペット。部屋のあちこちに積まれた書籍。ソファの座面に溜まった衣類。蜘蛛《くも》の巣の張った照明器具。いつも季節の花が飾られていたローテーブルには、吸い殻でいっぱいになった灰皿がいくつも並んでいる。その周囲を埋め尽くす、ライター、硬貨、ボールペン、爪切りなどの小物たち。手入れという概念を遥《はる》か昔に失い、さらに家主まで失った灰色の部屋はこう言っているようだった。この屋敷に、かつてどれだけの悲劇があったとしても、もうそれは終わったことだ。お前は今更、誰を責めるつもりだ？

「こっちはどう。よさそうなもんある？」

廊下で立ち尽くしていると、ねずみ取りシートを手にした冬馬が顔を出した。もしねずみがいるとしたら、家主がいなくなったことでこれからますます増えてしまうかもしれない。売ろうと思っている家具に傷をつけられたら厄介なので、先手を打ってあちこちの部屋の物陰にシートを設置することにしたのだ。私は我に返り、薄暗い部屋をぐるりと見回した。

「窓辺のソファは日に焼けちゃって厳しいかも。でも、キャビネットは悪くないと思う」

「あれ、なんかきらきらしたものが入ってる」

「えっと……」

そうだ、そういえば祖父母がヨーロッパで買い集めた綺麗《きれい》な食器が入っていたはずだ。ガラス製の扉を開けると中にはウェッジウッドを始めとする繊細なティーセットがいくつも収められていた。金属製のものは多少黒ずんでいるが、陶製のものは埃《ほこり》をかぶっている他は新品同然に美しい。思わずといった風に、冬馬がはあ、と深く息を吐いた。

「こんなすごいカップでいつもお茶飲んでたの？　うちの実家なんか普通に百均だよ？」

「いやいや、特別なお客様が来たときだけだったよ。私、使った記憶ないもん。たぶんほとんど未使用なんじゃないかな」

「家具だけじゃなくて、小物に強いアンティークショップも探さないとな」

屋敷の物をすべて一括で査定してくれる店もあるが、それだと価格がだいぶ低く抑えられてしまう。面倒でも、それぞれ専門店に頼んだ方が高値が望める。

花びらみたいに薄いティーカップを一つ手にとり、冬馬は人差し指で飲み口をそっと撫《な》でた。

「城みたいな家に住んで、美術館に入ってそうなカップでお茶飲んで、明日香のじいちゃんばあちゃんってどんな人だったの」

「どんなって、そんなに珍しくもない、一昔前のよくいる夫婦って感じだったけど……んー、おじいちゃんは腕のいいお医者さんで、戦時中はどこか南の島に行ったんだったかな。帰国して、この錦野医院を開いたの。この家は、たしか海外から来た貿易商の人が建てて、戦後に売りに出されたのを買い取ったんだって。おばあちゃんは日本舞踊もやってたし生け花もやってたし、多分いいとこのお嬢様なはず。お洒落《しゃれ》で華やかな人だったよ」

「なんかふわっふわしてない？　どこか南の島とか、多分いいとこのお嬢様とか、どんだけ自分のじーさんばーさんに興味ないのよ」

「だって、私がそういう話を聞いたのって、この家にいた頃だから……小学校低学年だよ？　聞き流してたよ」

　それにこうして屋敷を処分する立場になったことを思えば、彼らへの愛着なんて薄ければ薄いほどいい。

　腕にかかる重さを楽しむように本棚の本を抜いたり差したりしていた冬馬が、うひょ、と変な声を上げた。

「明日香、これ」

　本と本の間に挟まっていた、細長い茶封筒を差し出してくる。

「たっかい小切手だったりして」

「まさか」

どうせ領収書かなにかだろう。半笑いで糊《のり》付けされていない封筒の内部に指を差し入れ、三つ折りにされた白い紙を引っ張り出す。

つい最近見たばかりの、堅い筆跡が目の前に現れた。

父の字だ。

明日香へ

真の芸術家になるには品格が必要だ。

低俗な流行りものに目を奪われるのではなく、本当に価値のあるものに接しなさい。

我が家は地域を支え、多くの人々を助けてきた特別な家だ。謙虚な気持ちで屋敷を引き継ぎ、お前の子供たちに譲り渡していくこと。錦野家の一員として、恥じるところのないよう努めなさい。


なんだろう。この、言いたいことがさっぱり頭に入ってこない手紙は。

横から冬馬が紙面を覗き、一拍おいて首を傾げた。

「この屋敷に住めってこと？」

「……ええええ」

本当にそうなのだろうか。だとしたらなんだかとても、くだらない。

「住むわけないじゃん！　なんなの、これ」

二十四年も会っていない娘の生活や人生設計をまったく考慮せず、わざわざ「錦野家の一員」なんて念を押して命令してくる父は、滑稽《こっけい》だった。追いすがってくる感じがみじめったらしかった。

「芸術家ってなに。第一、私もう錦野家じゃないし」

「でも名字は錦野だろ？」

「それは学校で混乱しないようそのままにされただけだよ。気分的には、とっくに離れてる。……そういうことじゃなくて」

私はなにを期待してこの屋敷に踏み入ったのだろう。もっと違う、錦野家の嫡男としてではない、本当の父の心を知りたかった。だけど父が錦野家の嫡男でなかった時なんてない。私は、この世に存在しないものを欲しがっていたのだろうか。

ただ、どういう経緯かは知らないが、あの人は私が漫画家になったことを知っていたのだ。誰が伝えたのだろう。近所の噂にでもなっていたのか。

溜め息交じりにソファの下やカーテンの陰にねずみ取りシートを設置し、リビングを通り抜けて玄関ホールへ出た。

ことん、と軽い物音を聞いたのはその時だった。二階でなにか小物を床に落としたような音だ。思わず顔を見合わせる。

「冬馬、聞こえた？」

「うん。やっぱりいそうだな、ねずみ」

「二階のシートに引っかかってくれるといいんだけどね」

階段を上る途中で、ごとんと重いものが倒れる音を聞いた。慌てて段を駆け上がり、二階のリビングの扉を押し開ける。

一階よりもいくらかこぢんまりとしたソファセットが置かれた部屋、その入り口近くのピアノの足元で不自由そうにもがくものがいた。黒くて、丸くて、一瞬猫でもうずくまっているのかと思う。違う、あれは黒い半ズボンを穿《は》いた子供の尻《しり》だ。

「えっ」

思わず声が漏れる。子供？　子供はつむじ周りに光の輪が浮いた頭を動かし、肩越しにこちらを振り向いた。髪が短く、心なしか眉毛《まゆげ》が太い。男の子だ。私たちを見て、わっ！　と悲鳴を上げた。顔を真っ青にして、体をねじった不自由な姿勢のままいっそう強くもがき始める。

子供の空き巣狙いだろうか。大きく怒鳴って、びびらせてつかまえよう。そう思って手を浮かせた瞬間、子供が叫んだ。

「ゆうれいだ！」

ゆうれい？

「いやだ！　来るな！　ばかばかばか！」

もしかして、幽霊？　失礼な。

よく見ると男の子の靴の側面がピアノの足元に置かれたねずみ取りシートにべったりとくっついていた。ねずみではなく、人間の男の子を捕獲してしまったらしい。間抜けな悲鳴と間抜けな姿に妙に力が抜けて、私は彼に歩み寄り、足の甲部分にゴムがついた青いシンプルな靴から小さな足をすぽんと抜いた。脱がせやすい作りで助かった。

男の子は尻餅《しりもち》をついた格好で呆然《ぼうぜん》とこちらを見上げる。小学校……低学年ぐらいだろうか。身近に子供がいないのでよくわからない。前髪がきれいに切りそろえられている。坊ちゃんカットというやつか。繊細にとがった唇、ぷくんとふくれた小鼻、柔らかそうな目尻。少し気は弱そうだが、よく光る賢そうな目をしている。

「幽霊じゃないよ」

危害を加えるつもりはないと、ひらひらと手を振ってみせる。

「君はどこから来たの。どうやってここに入ったの？」

「あ……」

男の子はそろりと足を動かして立ち上がろうとする。次の瞬間、糸の切れた操り人形のようにがくんと崩れ落ちた。

「いっ」

先ほどまでねずみ取りシートにくっついていた方の足首を押さえてうめく。どうやら足をひねったらしい。

不法侵入とはいえ、見知らぬ子供に怪我をさせてしまった。いやな感覚がもやもやと胸に渦巻く。治療費とか、請求されるのだろうか。最近の子供がらみのニュースがざっと目の裏を流れる。この子が少しでもいじわるな気持ちになって、「あのお屋敷に閉じ込められていじめられた」と親に言ったらどうなるのだろう。

やだなあ、子供なんて関わりたくない。

「とりあえず、ソファに運ぼう」

冬馬の声に頷き、協力して小さな体を抱き上げる。ソファに運ぶ間、男の子はじっとこちらの腕にもたれ、大きな目で静かに私を見ていた。

白い靴下を脱がせると、男の子の左の足首はぷくりと腫《は》れて赤くなっていた。もちろんこの家に医療キットなどない。お医者さん行こうか、と聞くも、ぎゅっと結んだへの字口で首を振ったので、冬馬が近くのドラッグストアで湿布を買ってきてくれることになった。

どこから来たの、どうしているの、といくら聞いても彼は黙っている。作り物みたいな小さな唇は合わさったまま動かない。まるで、沈黙が武器になると知っているみたいに。

そして、その戦法は的確だった。私はもうこの家を離れて長く、頼れる知り合いなんて一人もいない。正直なところ、近所に住んでいるであろうこの子の親と揉《も》めるのはまっぴらだった。この屋敷で商売をする可能性を考えれば、トラブルはなるべく避けたい。

私はおそらくはイタズラ目的で入り込んだ少年を前に、叱ることも怒ることも出来ずに口を結んだ。ソファに座った男の子は裸足《はだし》の左足と、靴と靴下をつけた右足と、その間の空間をじっと眺めている。

沈黙が落ちる。そういえば、慌てていたため部屋の電気をつけていない。薄暗い部屋で、よく晴れた午後の日差しを受ける窓ばかりが明るい。私はソファを立ち、部屋の隅に残った彼の靴を取りに行った。青いビニール靴の側面にべったりと粘着シートが張り付いている。力ずくでは難しそうだけど、確かこういうものは油分で取れるのではなかったか。鞄《かばん》に入れていたハンドクリームを取り出し、シートと靴の接合部に少しずつすり込んでいく。じわじわとシートの糊が溶け、まもなく靴からぺりっと剝《は》がれた。

「とれたよ。ちょっと糊やクリームが残ってるのは、たぶん洗濯すれば落ちるから」

言って、男の子の足のあいだに置く。男の子はちろっと目を動かして靴を見た。裸足の左足を、まるで靴を引っかけようとするみたいに動かし、顔をしかめてやめる。

「じっとしてなよ。もうすぐさっきのお兄ちゃんが戻ってくるから」

靴を片付けてしまえば暇で仕方ない。私はまた男の子のそばに腰を下ろし、丸い後頭部と黒く短いまつげを眺め、彼が着ているシャツの光沢に気づいた。おそらく生地にシルクが混ざっている。きっといいところのおぼっちゃんだ。まいったなあ、とますます気が滅入《めい》る。

沈黙が息苦しくなり、立ち上がって、リビングの窓に手をかけた。木枠に金色の持ち手が付いた跳ね上げ式の窓で、限界まで押し広げても窓ガラス一枚の半分ほどの面積しか開かない。それでも、春の終わりの強風は三十センチの隙間から入り込み、レースカーテンをふくらませて室内を巡った。

男の子の髪が揺れる。彼は少し驚いたように、窓へ顔を向けた。

「風がすごいねえ」

関心を引けたのが嬉しく、へらりと笑ってみせる。これでいくらか居やすくなった。

男の子は呆然と明るい外を眺めている。私は彼の隣に座った。

二人で並んで過ごしたまま、どのくらい時間がたっただろう。

「幽霊をやっつけに来たんだ」

そう、男の子はぽつりと言った。

「幽霊？」

うん、と浅く頷き、心もち唇を尖《とが》らせる。幽霊、と子供っぽい単語を舌で転がすうちに、ぼんやりとした悲しさが胸を湿らせた。目線を子供の横顔から、目の前の窓へと戻す。日の注ぐ前庭と、屋敷を囲む背の低い椿の生け垣と、周囲の家々。この辺りは古い家が多い。

今でもなんとなく覚えている。地域の子供を一手に診ていた祖父は、町内の家族構成をほぼ完璧に把握していて、散歩の途中で人に会うたび、そろそろ孫を予防接種に寄越《よこ》しなさいとか、今は小学校で腹に来る風邪が流行っているから気をつけなさいなどと声をかけていた。大先生、大先生ともてはやされ、誰もが恭しく頭《こうべ》を垂れる祖父のそばを、小さな私はしゃきんと背筋を伸ばし、胸を張って歩いたものだ。

祖父が元気だった頃、大人たちはうちを「錦野さんのところ」と言い、注射をいやがる子供たちは「病院屋敷」と呼んだ。病院屋敷という呼称には、確かに恐怖も混ざっていたのだろう。なにをされるのかわからない、もしかしたら痛いことをされるかもしれない病院という場所は、子供にとってすごく怖い。だけどそれは、大きな正しさを前に言うことを聞かざるを得ないような、とてもわかりやすく物理的な恐怖だったはずだ。

「この家って、幽霊が出るの？」

窓の外を眩《まぶ》しげに眺めていた男の子は、顎《あご》を引いて控えめに頷く。私は、じわじわと痺《しび》れるようなショックを受けている自分に気づいた。あの眩しく誇らしかった祖父の家は、錦野医院は、今や幽霊が出ると噂され、肝試しの子供が忍び込んでくるほど落ちぶれていたのか。

「幽霊に会ったことはある？」

聞くと、男の子は困ったように口を曲げた。ないようだ。この屋敷への侵入経路をどう聞き出そうか迷ううちに、男の子はぽつりと付け足した。

「幽霊は二階にいるんだ」

やけに具体的な内容に面食らい、薄暗い室内を見回した。

え、と聞き直すよりも先に、乾いた足音が近づいてくる。

一歩、二歩。

もう、真後ろに。

「このへんドラッグストアなんかぜんぜんねえの。ちっさい薬局でやっと買えたよ、湿布。百均でハサミも買ってきた」

気の抜けた声が背中にかかり、どっと全身の緊張が抜けた。冬馬は白いビニール袋を片手に、男の子の前へしゃがみ込む。腫れた足首をしげしげと眺め、剥がれにくいよう切り込みを入れた湿布を患部へ当てた。さらに、筒状になった固定用のネットをその上に被せる。男の子は具合を確かめるように足を持ち上げ、ぴこぴこと足の指を動かした。祖父か父がいたら患部が動かないようテープで固定することも出来たのだろうが、幽霊屋敷になった錦野医院ではこれが精一杯だ。

「立てるか？　ダメなら家まで送って行くぞ」

男の子は黙って首を振る。ダメなのか、それとも助けはいらないという意味なのかよくわからない。冬馬のことが少し怖いようで、彼が戻ってからはうつむいてばかりだ。

おーい、とふいにどこからか声が聞こえた。おーい、おーい。遠く間延びした男の声だ。位置はわからないけれど、明確な意志を持って私たちへ呼びかけている。

「あれ、鷹光さんじゃねえ？」

レースカーテンを掻《か》き分けた冬馬が背を屈《かが》め、窓の隙間から外を見る。横から覗くと、前庭の向こう、背の低い観音開きの門に片腕を預けた男がこちらに向けて手を振っているのが見えた。太い黒縁の眼鏡で、すぐに兄の鷹光だとわかる。おにいちゃーん、と声を返す。兄は先ほどよりもはっきりと腕を振り、そろえた指先を手前に曲げて「こっちに来い」と私たちを招いた。

行こうか、と冬馬と顔を見合わせるのと、背後でかすかな音が立つのと、ほぼ同時だった。床の軋《きし》む音に振り返る。ソファが空っぽで、なにかが足りない。開け放した扉の向こう、薄暗い廊下に男の子が立っている。こちらを見て、小さく手を揺らして歩き去った。

「あ、待って」

足は痛くないの、っていうか君はどこから入ってきたの。問いかけが声になるより先に、つやつやの黒髪が戸口の端に吸い込まれて見えなくなる。たたた、と小走りの足音が続いた。どうやら足は大丈夫らしい。追いかけて廊下を覗くも、小さな姿はもうどこにもない。

「階段を下りる音が聞こえなかったな」

「うん」

ということは、男の子は二階のどこかから入ってきたのだ。鍵《かぎ》の開いた窓か、ベランダか、なにかしらの侵入口があるのだろう。屋敷の周囲には世話もされずに伸び切った木が何本も生えているので、足場には困らない。

どうしたー、とまた兄の声が聞こえた。詮索《せんさく》は後回しにして、ひとまず階段を下りて一階へ向かう。

玄関ホールを抜けて外に出た瞬間、日暮れ前の少し湿った風に全身を撫でられ、しみじみと思った。この家は、風通しが悪すぎる。どれだけ窓を開いても、空気が動くのはせいぜいその一室くらいで、全体に抜けるということがない。

兄は両腕を門にひっかけた気だるい姿勢でこちらを眺めていた。細長く整った鼻筋、薄い唇に白目の目立つ三白眼。どことなくは虫類を思わせる冷えた顔立ちだが、社会に出た頃から黒縁眼鏡をかけるようになり、ずいぶん印象が丸くなった。丸首のＴシャツにチノパンを合わせたラフな格好で、私に向けて、おお、と片手を持ち上げる。

「お疲れ。どうだ、家の中。どうなってる」

「ほこりっぽいよ。ゴミだらけだし。お父さん、ぜんぜん掃除とかしなかったみたい」

「そうか」

「どうも、こんにちは」

続いて挨拶をした冬馬に、兄は浅く笑って会釈を返した。

兄と冬馬は二ヶ月前に一度会っている。私と冬馬の結婚の意志を伝えるため、私の母と兄を招いて食事をした。大手製薬会社に勤務し、結婚七年目にして二人の子供を育てている兄には、漫画家の私と劇団員の冬馬の年の離れた恋愛は、よほど陳腐に見えたらしい。あとから「そんなままごとみたいなのは続かないぞ」と不快なメールが届き、それ以来連絡を取っていなかった。

とはいえ、面と向かって喧嘩《けんか》をするほどお互いにもう子供ではない。気詰まりなときこそ、笑顔だ。きゅっと口角を持ち上げて、笑う。笑うことで、兄に余計なことを言う隙を与えない。

「どうしたの、なにか用？」

「母さんから電話で……ほら、あったろ、遺言状。内容を聞いて、様子を見に来た」

「そう」

兄は眩しげに目を細めて屋敷を見上げている。ここを出たとき、兄は十一歳だった。聡明《そうめい》で物静かな一族の自慢の跡取り。特に祖母は真珠を磨くように兄の身だしなみを整え、料理の一番良い部分を取り分け、勉学を支え、鷹くん、鷹くん、と溺愛《できあい》していた。逆に、祖父はいっそ冷淡なくらい厳しく接し、彼がどれだけ花丸の付いたテストを持ち帰っても当たり前だと見なしている節があった。この屋敷で、兄は様々な期待や愛情を一身に背負った小さな王様だった。

「なつかしい？」

「そうだな」

「この家、好きだった？」

「さあ、子供のうちは、好きも嫌いもないからなあ」

「そうだよね。私もそんな感じ」

頷き、兄が寄りかかっている門に片手を添える。

「知ってるか？ あのサンルームは父さんが作ったんだぞ」

「え、作った？」

「お前が生まれる少し前かな。それまで、診察を待つ子供は廊下に長椅子を出して並んで座ってたんだ。でも診察や注射が怖いってべそをかく子も多くてな。父さんが、診察室につながるよう壁の一部を抜いてあのサンルームを建てたんだ。おもちゃを置いて、ちょっとぐらい騒いで遊んでもいい場所を作ったら、怖さもいくらか薄れるだろうって」

「待って待って、なんでお父さんそんなことできたの？ サンルームなんて、そんな誰でも作れるものなの？」

「なんか若い頃、建築に興味があって近所の棟梁《とうりょう》のところによく顔を出してたらしいぞ。大工になろうかと思ったこともあったらしい。まあ、跡取りだから、病院を優先したんだろうな」

　父が大工を志した頃があるなんて、聞いたこともなかった。でも言われてみれば壊れた家具を直したり、傷んだ屋敷の壁を塗り直したりと、休みの日に細々と手を動かしていた。私はそれを電球を取り換えるのと同じくらい普通の、世間一般の父親がやる当たり前のことだと思っていた。同じ男として、長男として、後継ぎとして、私よりも長い時間を過ごした兄の方が、ずっと父のことを知っている。

先ほどから体中を締め付けるような得体の知れない圧力を感じていた。その力は、お前ではない、と私を責める。この門の内側にいるべき人間は、私ではない。

喉につかえた石を吐き出す気分で、切り出した。

「入りなよ。中、気になるでしょう」

「いい、いらないって」

「でも」

「遺言状にあっただろう。入っていいのはお前だけだ」

「あんなの、ただ財産として揉めないためでしょう。昔住んでた家なのに、自由に入れないなんておかしいよ」

「近所まで仕事の打ち合わせで来たから、ついでに寄ってみただけなんだ。お前が来てるかと思って。ほら、差し入れ」

門を越えて、甘い匂いを漂わせる紙袋を渡してくる。中にはドーナッツが四つ入っていた。ありがとう、と反射的に礼を述べながら、ふ、と鼻に蜘蛛の巣が引っかかるのに似た苛立ちが湧いた。なぜだろう。私は兄に、屋敷に入りたがって欲しかった。私に渡されたものを、いらないと言って欲しくなかった。

「お葬式、来れば良かったのに」

「ああ?」

「私、知ってるんだ。お父さんの秘密」

「なんだよ」

口を開き、舌が止まる。ざあ、と花散らしの風が庭を吹き抜けた。頬をなぶられ、髪を乱され、考えていたことを一瞬、忘れる。ふくらんだ膿が弾《はじ》けるように、ついつい口からこぼれてしまった。

「お父さんは、お兄ちゃんを一番に愛してた」

父と母の喧嘩は、大抵深夜に行われた。

同じ子供部屋に寝ていても、ベッドが入り口に近い私だけが、よく話し声や物音で目を覚ました。いや、もしかしたら兄だって目覚めていたのかもしれない。兄はいつも賢くて正しいから、決して朝までベッドから出なかった。私は馬鹿で、こわいこと、いやなことしか待っていないとわかっているのに、ついベッドを下りてしまった。

明かりの消えた青暗い廊下を、十メートルほど離れたリビングの扉から漏れる光を頼りに静かに歩く。近づくにつれて、子供部屋にはもやもやと混ざって響いていた父と母の声がはっきり分かれて聞こえるようになった。喧嘩の内容はよくわからない。聞き取れないというよりも、なにを争っているのか、聞いてもよく理解できない。母が怒っていて、父がそれを真っ二つに両断する勢いで怒鳴り返している。その繰り返しだ。

ただ、状況がだんだん悪くなっているのは、子供の頭でもよくわかった。ただの怒鳴り合いだけではなく、喧嘩の途中で二人して黙り込むことが増えたからだ。沈黙に、母のすり泣きが混ざることもある。あの日もそうだった。父は口で負けると、よく癇癪《かんしやく》を起こして母の頭を殴った。殴られても首を絞められても母は決して父への罵倒《ばとう》をやめず、その行為自体を嘲笑《ちょうしょう》する節があった。父はますますいきり立ち、喧嘩は落としどころを失ったまま、長く苦しく続いていく。

　木製の扉に手のひらを当てる。なめらかな木肌を撫で、ドアノブへ向かって指先を滑らせる。勇気を出して、扉を開けて、喧嘩しないでもうやめてよって、言おうと。中指の腹が冷えた金属に触れた瞬間、父の声が暗闇に低く流れ出した。

「鷹光だけは置いて行けって、お母さんに言ってたよ」

　選ばれなかった私は、ドアノブを握ることが出来なかった。急激に体の芯《しん》が収縮し、強《こわ》ばり、ミシミシと砕けながら凍っていく。急いで部屋へ戻り、ベッドにもぐり込んで全部なかったことにした。この暗い夜も、両親の喧嘩も、そもそも私がお父さんと仲が良かったなんてことも、全部なかった。あれはただの散歩で、お父さんにとっても私にとっても暇つぶし程度のことだった。そう決めた。

　兄は顔をしかめ、いまいち要領を得ない様子で首をかしげた。

「そんな風には見えなかったけどな」

「でも、それが本当だもの。だから、お兄ちゃんが屋敷に入ってもお父さんは怒らないよ」

「お前、ずっと気にしてきたのか」

「別に。今からすれば、漫画のネタになってよかったよ」

眉間《みけん》に深いしわを刻み、兄は投げやりな調子で言った。

「俺があの人とまともに話をしたことなんて一度もない。それでも必要だったって言うなら、それは跡取りとしてってだけの話だよ」

「そんなこと……」

「ないと思うか？」

兄は静かに、こちらを試すような目を向けた。私は半端に口を開いたまま、言葉に迷う。

「ある、のかもしれない」

「だろう」

「でも、跡継ぎとして認められるっていうのは、愛されるってことじゃないの」

「俺にはよくわからない。もう、わからなくていい」

左右にゆっくりと首を振り、兄は門から体を離した。

待って、と短く呼びかける。

「お兄ちゃん、お父さんのお金、受け取るの？」

兄はわずかに目を丸くした。私も、一線を越えた質問をした自覚があった。フレームに囲まれた薄いガラスの向こう側でちらりとまなざしを揺らし、兄は小さな子供に言い聞かせるような口調で言った。

「うち、三人目が生まれるんだよ」

「……へえ」

私はいったいどんな顔をしていたのだろう。兄は不意に顔をしかめ、哀れっぽく濡れた声で言った。

「お前さあ、いい大人のくせに親に愛されたとか愛されてないとか、変だよ。かわいそうになあ、離婚の時期が悪かったんだろうな。お前、甘えたい盛りだったから」

「……変じゃないよ」

「早く結婚して子供作って、親離れしろよ。そうすればどれだけ自分が変なこと言ってるかわかるよ。人生は短いんだぞ。そんなくだらないところで引っかかるな」

じゃあな、と兄は肩をすくめ、門の近くに停めた白いワンボックスカーに乗り込んだ。通勤用であると同時に、家族でも使う車なのだろう。後部座席の窓に、子供向けのカラフルなお猿のおもちゃが揺れている。

窓ガラスに映る私は、馬鹿みたいに間の抜けた顔をしていた。兄が、きらいだ。とてもきらいだ。いつだって正しくて、とても強い。

兄のように、ピアノの音を正しく聞き取ることが出来たら、父は私を選んでくれたのだろうか。

エンジンをかけた兄が、ふいに運転席の窓ガラスを下ろした。そういえば、と身を乗り出してくる。

「大昔にじいさんが、うちで一番高価なのはピアノだって自慢してたぞ。知ってたか？」

「え……知らない」

「たしか、百年以上前のスタインウェイだったはず。買い取り価格で百万は超えるんじゃないか。売るときは気をつけろよ」

「調べてみる。ありがとう」

ひらりと手を揺らし、兄は車を発進させた。白いワンボックスカーが走り去り、ようやく私は息を吐いた。

「だいじょうぶ？　なんか、すごいこと言うな、お兄さん」

こちらの顔を覗く冬馬に、平気と言わんばかりに肩をすくめた。兄にやり込められる姿なんて見られたくなかったし、早く忘れて欲しい。それよりも、と冬馬を促して二階のリビングへ向かった。

壁際に設置された深い焦げ茶色のアップライトピアノにはびっしりと白い埃が積もっていた。ただの古いピアノだと思っていたけれど、言われてみれば優美なシルエットをしている。

「おじいちゃんのピアノ……」

呟き、慎重にふたへ手をかける。

かたん、と強い抵抗にあった。もう一度、指に力を込めて持ち上げようとする。かたん。ふたが、開かない。どうやら鍵がかかっている。

「……鍵はどこだろう」

「さあ」

思わず冬馬と顔を見合わせ、西日の差し込むリビングを見回した。

3

青い青い闇のまっただ中に、二羽の白鳥がうずくまっている。

丸く柔らかな鳥の体が呼吸に合わせてわずかに膨らむ、その息づかいすら聞こえそうな静けさだ。白鳥はゆるりと頭を持ち上げた。たおやかな首が闇へ伸びる。そして、丸い頭部が百合《ゆり》の花のように弾《はじ》けて咲いた。

少し遅れて、私はそれが少女の手だと理解する。うずくまっているのは人間で、咲いた頭部はてのひらだった。少女たちは薄いてのひらで闇をかき混ぜながら徐々に体を起こしていき、「白鳥の湖」の第二幕、王子と、彼に見初められた姫君のダンスを模した演技を始める。このダンスは一人では踊れない。上体を大きく倒した瞬間、体を支える王子の腕がなければ姫君は床に叩《たた》きつけられる。

舞台の奥から特徴のない黒いスーツ姿の男が現れ、踊る少女たちの傍らに立った。男は陶器の人形を思わせる無表情で二人を眺める。その眼差《まなざ》しが、とてもよかった。冷たくも温かくもない、ただ見ている、少女たちを認識している、という風で、人間じゃないみたいだった。

踊りは山場を迎え、少女たちが同じタイミングで体を倒す。男はまるで当然のように片方の少女の腰に片手を回して体勢を支えた。選ばれなかった少女は痛ましい音を立てて床へ倒れ、選ばれた少女は甘い恋の踊りを続ける。

これが、四年前に上演された『ひとり荒野で踊るなら』の舞台の冒頭部分だ。踊り続けた少女がフィン、倒れた少女はオルカ、そして、二人の運命を分けた青年アステル。フィンとオルカは実際に瓜《うり》二つの双子の女の子が演じていて、指先の強さ、顔の微妙な角度だけで明確にキャラクターを分ける彼女らの研鑽《けんさん》は見事だった。ただ、なによりも私の心を打ったのはアステルの演技だ。

そのアステルは今、私のマンションの風呂場《ふろば》でカビ取りをしている。

「換気はかけてるけど、あんまりこっち来ないで」

アステルの時は真っ黒だった髪も、今では目に痛いくらいの金色だ。タイルの目地に泡状の洗剤を吹きつけ、しっし、と猫でも追い払うように手を振って私を遠ざける。私は脱衣所の壁に寄りかかったまま、勤勉に動く背中を眺めた。寝起きでひどく喉《のど》が渇いている。熱々のコーヒーが飲みたい。

「懐かしい夢を見たよ。あの、初めに君を見た、舞台の」

「荒野？」

「そうそう」

ふーん、と適当な返事をして、足の裏をシャワーで流した冬馬は風呂場から出てきた。洗剤を壁に付着させたまま、しばらく時間を置くのだろう。朝飯なに食おう、と呟《つぶや》く彼の背中を追って台所へ向かった。冷凍庫から凍った食パンを取り出し、食事の支度をする姿をまた眺める。

「アステルは、結局なにを考えてフィンを選んだんだろう」

「はあ？」

フライパンでベーコンと野菜を炒《いた》める手を止め、冬馬は呆《あき》れた顔で振り返った。

「あんた、原作者じゃん」

「原作者だからって、なんでもわかるわけじゃないよ。実際にそういう人がいて、そういう行動をするってことは知ってるからお話には取り入れるけど、その人のすべてがわかるわけじゃないもの。舞台でアステルだったとき、冬馬はなにを考えていたの？」

「ああそうか、明日香はオルカだったんだもんなあ」

しみじみと言われて、言葉に詰まる。先日の兄とのやりとりで、隠していたわけではないけれど特に知られたくもなかった過去を、結果的には冬馬の前で披露してしまった。ピーマンとトマトとタマネギとベーコンをリズム良くフライパンの上で転がし、塩胡椒《こしょう》を振り、最後に卵を二つ落としてフライパンにふたをした冬馬は、火を弱めて振り返った。

「明日香の漫画だと、アステルの周りの人間関係も描かれてるから、あいつがどんなキャラクターかはわかるようになってるけど、あの主役の双子は、基本的にはあいつがなにを考えているか知る機会はないわけだろう」

「まあ、ほとんど会わないからね」

「だから、演出の俵《たわら》さんと相談してさ、あの双子の目から見えるアステル、説明もなく自分たちを引き裂いた運命を体現するキャラクターとして演じてみることにしたんだ。不気味で、ちょっと無機的な感じに」

「なるほど」

「だから、本当はアステルはなにを考えていたか、なんて俺にもわからないよ。きっと、誰にもわからない」

言って、冬馬は苦笑を目の端ににじませた。少し遅れて、その表情の意味がわかる。哀れみだ。いくら屋敷を漁《あさ》ったって、自分を選ばなかった父親の真意なんてわからない。深入りするな、ともの言いたげな口元が語っている。私は馬鹿なひな鳥のように、なにも考えていないそぶりでかぱっと口を開いた。

「お腹すいた」

「うん、もう出来る」

湯気の立つフライパンのふたを少しずらし、冬馬は穏やかに頷《うなず》いた。

カトラリーとケチャップを持ってテーブルへ移動する。目玉焼きにベーコンと野菜の炒めものを添えた大皿を二つ、あとから冬馬が運んでくる。トーストとコーヒーも添えて向かい合わせに席に着き、いただきます、と両手を合わせた。

ナイフで目玉焼きの白身を切り取り、伏し目がちに口へ放り込む冬馬の顔をちらりと覗《のぞ》く。

楽屋で挨拶《あいさつ》をして、それから。

バイトと稽古《けいこ》とチケットノルマでボロボロになった貧乏劇団員の冬馬を口説くのは簡単だった。高いご飯に誘い、どこに出ても恥ずかしくない服を買い与え、お金に困っていそうな時は応援と称して小遣いを渡した。『ひとり荒野で踊るなら』がぞくぞくと重版されていた時期で、その程度の出費は私にとって痛くもかゆくもなかった。

ものすごくお酒に強い冬馬が、ひどく酔っ払った夜があった。前後不覚になり、タクシーで私の肩にもたれながら少し休ませて、とかすれた声で願う。私のマンションへ連れて行くと、割としっかりした様子でシャワーを浴び、硬い表情で私の手の甲にキスをした。湯上がりの濡《ぬ》れた唇が熱かった。

芝居がかったラブシーンのような彼の挙動を見るうちに、この子は支払おうとしているのだと気づいた。私が差しだしたものを、恋の芝居で精算しようとしている。なにもわからないふりをして、このまま私から金と人脈を吸い続ければいいのに、施されるだけの立場では気が済まないらしい。若いのに律儀だ、とまず感心し、違う、若いからか、と納得する。私は彼の目の奥の、ちらちらと揺れる尊厳の火に興奮し、みずみずしい首筋に嚙《か》みついた。

付き合い始めた冬の終わり、冬馬の私への感情は明らかに打算を含んだ芝居だったし、私も結局のところ性欲しか持っていなかった。

翌年、桜がほころぶ春先に、人間を捕食するクリーチャーの役を演じるという冬馬の髪をお風呂場で銀色に染めた。色がしっかり入るのを待つ間、交互にスマホで歌詞を調べながら好きな歌を歌った。年齢差があるせいで、お互いにお互いの好きなアーティストを全然知らなかったけど、なんとなく覚えてその後も口ずさむようになった。

その年の終わりには、意識せずとも外で手をつなぐようになった。コンビニのスイーツコーナー、串焼《くしや》き屋で飲んだ帰り道、真夜中の駅前。冬馬は私を明日香さんではなく、明日香と呼び捨てするようになった。私のマンションに入り浸り、そのうち自分のアパートを引き払って引っ越してきた。私たちの付き合いが、ままごとだ、ヒモだ、ペットだ、と周囲に噂されていることは知っていた。でもそんなレッテルをどうでもいいと思うくらい、私は冬馬と暮らすのが好きになっていた。

長く見つめすぎたせいだろう。朝食の皿を半分ほど空にした冬馬がこちらを向き、不思議そうに首をかしげる。私はへらりと笑いかけた。

「大好きだよ」

冬馬はフォークを置き、両手の人差し指で唇の両端をきゅっと持ち上げて、俺かわいいでしょ、と言わんばかりの戯《おど》けたアヒル口を作る。しばらく見つめ合い、ほぼ同時に噴き出して食事を続けた。テレビをつけ、天気予報を確認する。今日はよく晴れて、洗濯日和だそうだ。

「シーツ洗って、布団も干しておいてくれる？」

「了解」

「今日はどうするの？」

「午後から稽古場行ってくる」

「どう？　バイトしてた頃と、芝居に専念してる今と、いくらか違う？」

「うん、体が楽だし、周り見回す余裕がやっと出来た感じ。飲み会とかもさ、俺ずっと出られなかったんだけど、このあいだ初めて顔出せたわ」

「ふーん。楽しそうだね」

　私は別に、彼に飲み会に参加して欲しくて養っているわけではないのだけど。多少声に呆れがにじんだのか、冬馬は早口で「ただの飲み会じゃなくて、業界の人とかたくさん顔を出す会で、行きたかったんだ」と付け足す。わかってるよ、と笑いかけ、彼の頬を軽くつまんだ。

　ぴんぽーん、とドアチャイムが鳴り響き、玄関へ向かう。注文しておいた荷物が届いた。大きな箱に苦労しつつリビングへ運ぶと、冬馬が寄ってきて箱の片側を支えてくれた。

「なにこれ」

「電子ピアノ。中古の安い奴だけどね」

箱を床へ下ろし、梱包《こんぽう》を剝《は》いでいく。現れ出た黒と白の鍵盤《けんばん》に、おお、と冬馬は手を叩《たた》いた。

「なんで急に買ったの？」

「そんな大した理由はないよ。実家でピアノを見て、懐かしくなっただけ。昔は大嫌いだったんだけどね、今ならちょっと違うかなって」

「ふーん」

食後、さっそくシーツや枕カバーを剝いで洗濯機に入れ始めた冬馬を横目に、電子ピアノを組み立てていく。といっても、本体に足を取り付けるだけの簡単なものだ。電源コードをコンセントに差し込み、プラスチック製の軽い鍵盤に指をのせる。

ポーン、と懐かしい音色が響き渡った。

自宅から徒歩十分の仕事場は六畳一間のワンルームで、冬馬との同居をきっかけに借りた。申し訳程度の台所に小さな緑の冷蔵庫、私と、仕上げを手伝ってくれるアシスタントの机を一つずつ置いただけの質素な部屋だ。部屋に入ったらまずコーヒーのためのお湯を沸かし、パソコンを立ち上げてメールをチェックする。

緑原からメールが一件届いていた。先日送ったプロットの返事だろう。ダブルクリックしてテキストを開く。いつもお世話になっております、で始まる文面は当たり障りのない時候の挨拶と連載中の作品に対する好意的な感想を述べ、軽く画面をスクロールした辺りでようやく本題に入った。

【お預かりしたプロット、とても惹《ひ》きつけられました。シングルマザーのピアノ講師の主人公も、彼女が幸福に暮らせる物件を探す不動産会社の担当者も、胸を打つ魅力的な造形になっています。テーマも現代をよく反映していて、導入部は完璧《かんぺき》です。ただ、少し気になったのが、物語の方向性です。頂いたプロットには、最後に主人公が運命の相手である彼と結ばれて幸せになる、とあります。確かにそれも幸せの一つの形なのですが、この主人公には是非別の、他者に依存しないエンディングを迎えて欲しいと願う部分があります。来週中にまたお打ち合わせのお時間を頂けないでしょうか。併せて、キャラクターのビジュアルもご相談できれば幸いです】

書かれている内容が信じられず、三度、読み直した。他者に依存？　好きな人と結ばれること、幸福になることが他者に依存している？　緑原は打ち合わせの内容を忘れてしまったのだろうか。ハッピーエンドにすると言ったはずだ。

要するに、あの時は連載を了承させるために調子を合わせていたけれど、本当は『ひとり荒野で踊るなら』と同じ路線の漫画を描かせたかったということか。

返事を打つ気が湧かずに、パソコンの画面を落とす。お疲れさまでーす、と明るい声を上げてアシスタントの空《そら》ちゃんがやってきた。まだペン入れの終わっていない原稿を机に並べる。夕方までに、あと五枚仕上げなければならない。

「今日もよろしくね。五時に編集さん来るから」

「はーい」

まだ二十代半ばの空ちゃんは、三つの現場をかけ持ちしているベテランのアシスタントだ。ふわふわと波うつ栗色の髪をシュシュでまとめていて、体つきが丸く、しゃべり方が少し甘ったるい。どことなく長毛種の猫を連想させる子だ。のほほんとした外見の割に仕事は速く、背景が鬼のようにうまい。逆に私は人物ばかり達者で、他のものはあまり描けない。私の漫画はシンプルな画風なので、よほど忙しくならない限りは空ちゃんと二人で回していける。

「せんせー、このノバラちゃんのカットいいね」

「ほんと？　ありがとう」

空ちゃんが指さしたのは、小学二年生の主人公ノバラが公園の砂場のそばにしゃがんでぼうっとしているシーンだった。ノバラは家がきらいで、学校がきらいで、一人でいつも公園にいる。ランドセルの肩ベルトを強く握り、唇をつまらなそうにきゅっととがらせて滅多に笑わないため、それほどかわいい雰囲気のキャラクターではない。家と学校以外の居場所を探すうちに、近所の同じく居場所のない高校生ナツオと顔見知りになり、さまざまなご近所トラブルに巻き込まれながら探偵の真似事を行っていく。

ただ、この漫画の一番のポイントはミステリーや恋愛ではなく、ノバラとナツオの居場所のなさだ。二人はよく、なにもしゃべらずにだらだらと過ごしている。一度まったくセリフを挟まずにただ二人がそれぞれの環境から逃げて一緒に歩き、ジュースを飲み、寄りかかって昼寝をし、手遊びをして帰るだけの回を作ったこともある。その時はずいぶん評判が良く、掲載雑誌の読者アンケートでも上位に食い込んだ。

モチーフにしたのは、もちろん私と父の真夏の散歩だ。私は昔から、私の身に起こったことばかり描く。それしか描けない。

作業に慣れるにつれて、私たちは屋敷の片付けを楽しむようになった。価値のあるもの、ないものを分別し、不要だと判断したものは片っ端からゴミ袋に詰めていく。まるで神様みたいに目に映るものを暴力的に裁き、無価値を宣告して捨てていく。それはこの屋敷に入って初めて知った快感だった。いらない、いらない、いらない、お金になる、いらない、もらっておこうかな、いや、やっぱりいらない、いらない。サイズや趣味の合わない服、高価でも良さを感じない家具や食器、目をやった次の瞬間には忘れてしまう無意味な置き物。ぜんぶ、いらない。ある人間がお金を払い、時間を使い、足を動かして集めたもの、その人にとって確かに必要だったものが、こんなにも私には無用なのかと眩暈《めまい》を感じるくらいだった。

「人が死ぬと、こんだけのゴミが出るんだな」

積み上げたゴミ袋と、売りに出す小物をまとめた段ボールを前に、しみじみと冬馬が口にする。彼の言葉にはなにかが足りない気がした。十秒ほど考え、口を開く。

「人が死んだから、ゴミになったんじゃないかなあ」

「なにそれ」

「物にもきっと使用期限っていうか、使うのに一番良い時期があるんだよ。例えばこのイギリス製のスプーン。買ったおばあちゃんにとっては絶対に捨てない宝物。お母さんもまあ、それが良いブランドだってわかってるから来客用にとっておくかもしれない。でも私はこのブランドになんの憧《あこが》れもないし、おばあちゃんが好きだったってことはもう古いものって感覚だから、むしろ積極的に売っちゃう」

「流行《はや》りすたりはしょうがないもんなあ」

「それを選んだ気持ちよさや誇らしさを味わえるのは、初めの一人だけだからね。どれだけ見た目がピカピカでも、このスプーンがこの家で心から愛されて使われる花盛りみたいなものはおばあちゃんの代までなんだよ。おばあちゃんがしっかり楽しんだなら、もうスプーンとしては大往生なわけ」

　ものの価値とは、それに意味を見《み》出《いだ》す所有者がいなくなった瞬間に下落するものなのだ。愛着や思い入れは引き継がれない。そして一本のスプーンがある、ということは、他のスプーンを選んで購入する機会を奪う、ということでもある。

「でも、私のお父さんは引き継いだ物をぜんぜん捨てずに丸ごと取っておいたから、処分されたり整理されたりが、一世代先送りにされたんだ」

「昔の家なんてそんなもんじゃないか？　先祖代々の土地と家に住んで、丸ごと全部引き継いで、一生どこにも引っ越ししない人生なんて、そう珍しいものじゃないだろう。俺の地元にはごろごろいるぜ？　っていうか、そういう家がやっぱり地域でも強くて、祭りとか町内会とか仕切ってるし」

「あれ、冬馬、実家どこだっけ」

「横須賀《よこすか》」

「ハイカラなところに生まれちゃって」

「ごめんちょっと見栄《みえ》張った。横須賀よりもっと下の、田舎の方」

　冬馬はひょいと背中を曲げて、小物を詰めた段ボールの一つからなめらかな孔雀《くじゃく》の剥《はく》製《せい》を抱き上げた。リビングの隅で父の下着と埃《ほこり》をかぶっていた物だ。うちにもこういうのあった、と可笑《おか》しげに口角を上げる。

「うちの実家にも、捨てていいのかダメなのか誰もわかんないものが山積みになってたから、こんだけ思い切り捨てると気持ちいいな」

孔雀の首を撫《な》でる白い手を眺めていると、スマホが鳴った。査定を頼んだ業者から、屋敷の前に到着したという連絡だった。本日二店目の来訪だ。はあい、と返事をし、スマホを耳に当てたまま門を開くため外へ向かう。

　私たちは片付けの合間にいくつかの業者へ連絡を入れ、家具の出張査定を申し込んだ。目星をつけたものを一通り見てもらったところ、特に注目されたのは前に兄が言っていた祖父のピアノで、状態の良さが確認できれば百二十万をつけてもいい、という業者も現れた。他に、アンティークソファやキャビネット、飾りテーブルもそこそこの値が付き、だいたい家具類だけでも二百万前後の買い取り値が付くことがわかった。

「なんとか遺産っぽくなってきたね」

業者がそれぞれの家具につけた値段をまとめた一覧表を手にしみじみと呟く。こうしてみると、店側に販路があるかないかでソファ一つでもだいぶ価格が変わってくるようだ。大体の鑑定価格が見えたものから、財産目録に加えていく。

あとは鍵《かぎ》だなあ、と冬馬が玄関ホールの階段に座ってメロンパンを齧《かじ》りながらぼやいた。頷き、私も食べかけのあんパンを頬ばる。テーブルの置かれたキッチンはまだものが片付いておらず、なによりずっと父が一人で食事を取っていたであろう椅子に着くのも気が引けて、いつしか私たちは窓さえ開ければ比較的風通しの良い玄関ホールで休憩を取るのが習慣になった。

ピアノの買い取りについては、どの業者からも出来れば鍵を見つけて欲しいと頼まれた。鍵のあるなしで、買い取り価格が数万程度だが上下する。きっとピアノが置かれた二階のリビングか、どこかの小物入れにでも紛れ込んでいるのだろう。大事なものだし、いくら掃除の出来ない父でも捨てたとは考えにくい。

「まあ、片付けていけばそのうち見つかるだろ。あと、通帳や印鑑も探すんだよな」

「ぜったい寝室のチェストにあると思ったのに」

通帳、印鑑、カード。そういった、いわゆる家庭の貴重品がなかなか見つからないのは困った。寝室やキッチンの引き出し、枕元。めぼしいところは粗方開けてひっくり返してみたものの、ない。

「もしかして二階かな」

「でも、銀行のカードなんかしょっちゅう使うものだろう？　わざわざ階段を上って取りに行くか？」

「じゃあ、やっぱり一階のどこかか」

「うーん」

冬馬は天井を見上げて短くうなった。

「俺さあ、パンツにくるんでる」

「は？」

「通帳とか」

「なんで」

「泥棒も、とりあえず野郎の下着に触りたいとは思わないだろ」

「女性や、男性でも同性愛の泥棒だったらどうするの」

「確率の話よ」

「パンツかー」

クローゼットは盲点だった。確かに、あり得る。

　食べ終わったパンの包みをくしゃりと丸め、積み上がったゴミ袋の一つに放り込む。冬馬は一階のリビングの本棚に並んだ大量の百科事典や文豪の全集を段ボール詰めする作業に戻り、私は彼の後ろを通り抜けた。廊下へ出る。一番奥が子供部屋、そしてその手前が両親の寝室だ。

　扉を押し開くと、すでに慣れつつあるカビや埃の苦い臭いが鼻先をよぎった。広く取られた部屋の中央に、かつては父と母が使っていたダブルベッドが置かれている。家具はサイドテーブルの他、洋風建築にはあまり似合わない桐箪笥《だんす》と化粧台。さらに、一畳ほどのウォークインクローゼットが設けられている。

　初めに入ったとき、この寝室は他の部屋に比べて一番雑然としていた。お歳暮やお中元で届いたのだろう未開封の包みが床に何十個も積み上げられている他、週刊誌や雑誌、洗濯したきり畳まれていない衣類などがベッドの周囲で蟻塚のような固まりを形成していた。前に通帳を探すため桐箪笥を開いた際に、床に溜《た》まっていたものはある程度捨てて片付けたが、その時はそれだけで疲れてしまってクローゼットを開く余力がなかった。

　まず、カーテンを開いて部屋の窓を開ける。屋敷の周囲に植わった楓《かえで》の木と生け垣に遮られ、あまり日は届かない。それでも、部屋に染みついた臭いがいくらか紛れた。どことなく風が湿っぽいので、そのうち雨が降るかもしれない。

　クローゼットはまた、すごかった。辛うじてスーツ類は吊《つる》されているが、他の下着や部屋着、ポロシャツなんかはほとんど畳まれる様子もなく、丸めて山積みになったものが私の腰の高さまで達している。どうやら積まれているのは比較的新しく購入された服のようで、それを掻《か》き分けると更に古い服が、ずらりと並んだ衣装ケースに隙間なく収納されていた。

　ここにきて、父がどういう人だったのか、また一つわかった気がする。服が多いからといって着道楽だったわけではない。単純に、捨てられない人なのだ。必要なもの、不要なものの区別がつけられない。いつか使うかもしれない、と思いながらゴミの山に埋もれていく。

　真新しいゴミ袋を一つ用意し、目の前の服の山を鷲《わし》づかみにした。パンツもシャツも靴下も、ブランドもの、ノーブランド、分け隔てなくゴミ袋に放り込む。四十五リットルのゴミ袋はあっという間にいっぱいになった。口を縛って次の袋を取り出し、機械的に流し込む。

　手前の服の山をおおかた片付け終わると、奥に並んだ衣装ケースの一つから奇妙な赤い布がはみ出しているのに気づいた。暗がりでもわかるぐらいに光沢があり、触るとつるりとして柔らかい。指でつまんで、引っ張り出す。

　それは、フリルがふんだんに用いられた悩ましいベビードールだった。

　火に触れた気分で放り出す。どっと全身が冷や汗で濡れた。なんだこれは。なんなんだこれは。どうしてこんなものがここにあるんだ。おそるおそる指を伸ばしてベビードールの入っていたケースを引き出す。すると、なかには大量の女物の服が収納されていた。Tシャツ、キャミソール、短パン、ショーツにブラジャー。一瞬、父に女装の趣味でもあったのかと疑う。ただ、それにしては味も素っ気もない地味な部屋着も多く、サイズも父が着るには小さすぎる気がする。母が残していった衣類だろうか。縫製の継ぎ目がないキャミソールなんて、二十四年前にあったっけ。

　そうだ、二十四年だ。今はわからないけれど、女物の服がここに収納される、なんらかの背景があったのだろう。住み込みの家政婦が居た時期があるとか、誰かからの預かり物とか。とはいえ、こんなものを取っておいても仕方がない。女の服をゴミ袋に入れようと手を浮かせるも、見知らぬ他人の下着に触ることにためらいが生じ、結局そのケースを元の位置へ押し込んだ。

　ケースは三段重ねになっている。ベビードールが入っていたのは一番下の段だ。なにかを考えるよりも先にふらりと手が伸び、真ん中のケースを引っ張り出した。ここにも、女物の服。だけど、Tシャツにワンポイントの動物イラストが付いていたり、星やハートの柄が入っていたりと、一番下の段よりもいくらか幼いデザインのものが多い。子供、だろうか。小さな女の子の服だ。

　まさか父には、女装ではなく窃盗の趣味があったのだろうか。勘弁して欲しい。でも、そのぐらい発想を飛躍させなければ目の前に現れたものの説明が出来ない。燦然《さんぜん》と輝く、ある一つの可能性から目をそらせなくなってしまう。

　この屋敷に一族以外の女が、子供が、入り込んでいた。いやらしいベビードール、安っぽくてかわいい化織のブラウス。父は新しい家族を愛して暮らしていた。

とっさに子供服が詰まったケースを押し込み、クローゼットを閉じる。

リビングの本棚に差されていた、的外れな手紙を思い出した。

これは、復讐《ふくしゅう》なのだろうか。父が私に、本当に見せたかったものはこれで、あの手紙はただそれらしい体裁を繕うためだけの——。

ビィイ、と虫の羽音に似た耳障りなブザーが屋敷中に鳴り響いた。

前に兄が寄りかかっていた門の前には、一人の女が立っていた。年齢は私よりも一回り上ぐらいだろうか。唇が厚く、深い二重まぶたの、甘ったるい顔立ちをしている。化粧っ気はなく、ゆるく巻いた茶色い髪を肩から垂らし、両手をライトグレーのスウェットワンピースのポケットに差し込んでいる。門を開けると、女は気だるい仕草でそばに駐車された冬馬の車を示した。

「これが、駐まっているのを見て」

「はあ」

「もしかして、新しい人がこの家にくるの？　あなたがそう？」

「あ、違うんです。ええと」

とっさに言葉に迷う。どこまで説明したものだろう。ただ、新しい人、という言い方から察するに、この女は父を知っているようだ。近所に住んでいるのだろうか。

「この家に住んでいた男性……あー、私の父なんですけど、が、亡くなったんです。それで、私は片付けに」

あ、の形に唇を開き、女は静かに屋敷を見上げた。驚きも、好奇も、憐憫《れんびん》もなにもない、水のような眼差しだった。そんな自然な一挙動だけで、この屋敷と女のつながりの深さがわかってしまった。

目の前で、色の薄い唇が動く。

「少し、入ってもいい？」

感情の起伏がわかりにくい訥々《とつとつ》とした声に続き、女の指が習慣じみたなめらかさで門の取っ手へ伸びる。とっさに、足が出た。

がん！　と開きかけた門扉を蹴《け》って隙間を閉じる。女は弾かれたように手を離した。

「あれ？」

今、なにが起こったのだろう。浮かせた指を丸めて握り、女は強《こわ》ばった顔でこちらを睨《にら》んだ。

「すみません、指、挟みました？」

「……なにあなた、頭おかしいの？」

「いきなりやってきて、当然のように家に入れろって言う方もどうかと思いますけど。この家はもう私のものです。知らない人を入れる理由がありません。お引き取り下さい」

背中が火で炙《あぶ》られたように熱い。どくどくと猛《たけ》る血が全身を巡る。なんだこれは。しゃべっているのは本当に私なんだろうか。女は眉《まゆ》をひそめ、軽く目線を迷わせてからもう一度、ずいぶん真面目な顔で私を見た。

「忘れ物をとりたいだけなの。他のものには触らないから」

「忘れ物？」

とっさに、真っ赤なベビードールが頭をよぎる。女は顎《あご》を引いて頷いた。

「手作りのコップ。まだあるとしたらキッチンのキャビネットの……たぶん、二段目か三段目の、奥の方かな。たしか土色……ちょっと緑がかった土色で、底に、かれんってひらがなで彫ってある」

「……それが、例えば値打ちものの骨董品《こっとうひん》で、あなたが泥棒じゃないって保証は？」

「ひどい」

女は腕を組み、気分を害した様子で顔を傾けた。少し考え、口を開く。

「かれんっていうのは、私の娘の名前。娘が小さい頃に使っていたコップを、持ち帰りたいだけよ」

「はあ」

「あの人が亡くなったから、あなたが来たのよね？」

あの人という言い方が癇《かん》に障り、口をつぐむ。私の反応を見て、彼女はおかしげに、花がほころぶように笑った。怠惰で埃くさい印象が、一気に湿りを帯びた女のものになる。

「通帳、見つかった？」

今度こそ私は息をのんだ。

「場所を知ってるの？」

「教えたら、コップを持ってきてくれる？」

目が笑っている。私はにやつく女を睨み、ゆっくりと息を吐いた。

「……わかった。教えて」

「トイレの、上の方の棚。トイレットペーパーがたくさん入ってる箱があるから、よく探してみて」

「よりによって、トイレ……」

水場にお金関係のものって、いいのだろうか。風水的に最悪じゃないか？　金運が流れていきそうで。胸で悪態を吐きつつ、きびすを返す。背中に女の声がかかった。

「コップ、よろしくね。ここから一本奥に入った通りのカフェで待ってるから」

「えっ、ちょっと」

「家に入れてくれないし、立ち話で疲れちゃった。ちゃんと持ってきてね」

女はひらひらと手を振って門から歩き去る。軽やかな背中を呆然《ぼうぜん》と眺め、私は肩に疲れを感じつつ屋敷へ足を向けた。玄関先では、扉を半分開けて冬馬がこちらの様子をうかがっていた。

「ずいぶんかかったな。どうしたの？」

「いや……なんだろう、えっと……お父さんの、知り合い？」

「へー」

「なんか、忘れ物をくれって。ちょっと行ってくるね」

「忘れ物をくれ？」

怪訝《けげん》そうな冬馬を置いて、一階のリビングの奥、両親の寝室や子供部屋と同じ並びにあるトイレを目指す。まだほとんど手をつけていないトイレは、なんどか私や冬馬が使用したため便器の水こそ腐ってはいないが、どことなく臭いがこもっていていやな感じだ。換気扇を回し、鼻で呼吸するのをこらえつつ洗剤やウェットティッシュが置かれた据え付けの棚に手を伸ばす。

替えのトイレットペーパーを入れた箱はすぐに見つかった。抱えて床に下ろし、白いロールを掻き分ける。すぐに生成りのくたびれた布袋が見つかった。黄と緑の糸で、たんぽぽをかたどった刺繍《ししゅう》が入っている。きっと初めは白い袋だったのが、経年劣化で黄ばんでいったに違いない。なかには通帳の他、銀行のカードや印鑑が入っていた。

通帳をぺらぺらとめくり、数字の羅列を眺める。月に三万ほどの生活費らしき引き出しと、公共料金が黙々と引き落とされている。父が亡くなる一週間ほど前の最後の出金のあと、口座には二百六十七万円が残されていた。

半信半疑だったけれど、これで女がこの家に住んでいたことは確定的になった。続いて、キッチンに向かう。金目のものもなさそうだし、触ってすらいなかった食器棚の扉を開け、手前から順に茶碗《ちゃわん》や平皿、どんぶりなどを取ってそばのテーブルに並べていく。三段目の棚に、確かに緑がかった土色のなにかが見えた。手を差し入れて、引っ張り出す。

それは全体にどことなく野暮ったさがにじむ、手作りとしか思えない不格好な小鉢だった。あれ、と拍子抜けした気分でそれをテーブルへのせる。棚にはまだ同じ色合いの食器がいくつか見られた。丸皿、しょうゆ皿、飯茶碗。コップを探して、引き抜き続ける。

他の食器に隠れ、奥まった位置にコップはあった。それも、三つ。太い筒に持ち手をつけただけのなんの工夫もないマグカップだ。裏にはそれぞれ爪楊枝《つまようじ》で粘土をえぐったような字で、かずゆき、きみこ、かれん、と彫られていた。

通帳を鞄《かばん》に入れ、三つのうち「きみこ」「かれん」と彫られたマグカップを適当なビニール袋に放り込み、リビングで作業している冬馬に声をかける。

「通帳あった」

おー、とのどかな声を上げ、本を段ボール詰めする手を止めずに冬馬は頷いた。

「おつかい一つクリアだな。お金はいってた？」

「結構はいってた。けどこれは、確かお母さんのものになるはず。弁護士さんに確認とってみる。これからちょっと出かけてくるね。すぐ戻るから」

振り返った冬馬に手を振り、私はジャケットを羽織って屋敷を出た。

女の言葉通り、屋敷から一本奥に入った通りには、個人住宅の一階に設けられたこぢんまりとしたカフェがあった。表には『カメリア』いう店名の他、甲羅の代わりにワッフルを背負った亀のイラストが入った小さな看板が出ているだけで、この辺りにカフェがある、と事前に知っていなければたどり着けなかっただろう。半開きになったガラス戸からリビングを改造したのだろう店内へ入る。香ばしい焼き菓子の香りがぷんと押し寄せ、いらっしゃいませ、と赤いエプロンをした恰幅《かっぷく》のいい中年女に迎えられた。

「すみません、待ち合わせで」

「あ、きみちゃんね。きみちゃん、お連れさんきたよ！」

「はーい」

女は店の隅のテーブルで生クリームの載ったワッフルにフォークを突き刺し、大口を開けて頬ばっていた。手元で、なにか操作をしていたらしいスマホが画面を光らせている。私は女の向かいの席に腰を下ろした。

唇の端についたクリームを下品な仕草でぺろりと舐《な》め、女はまるで友人でも迎えるように、ここのワッフルおいしいのよ、と言った。提案を聞き流し、私は赤いエプロンの女にコーヒーを注文する。ビニール袋から、無言で名前の彫られた二つのマグカップを取り出した。

「あれ、かれんのだけでよかったのに」

女はそう言って、二つのマグカップをひっくり返した。きみこ、かれん、と不格好に刻まれた名前が露《あら》わになる。

「あなたは私を傷つけたかったんですか」

女はきょとんとした目でこちらを見返し、フォークに載せた生クリームの塊を飲み込んだ。

「なんのこと？ かれんのコップを持ってきてって言っただけでしょう」

「私が娘だって、わかってるくせに」

「ああ、傷ついたのね、かわいそう」

門でのやりとりと同じように、また背中がカッと熱くなる。タイミングよくコーヒーが運ばれてこなかったら、席を立っていたかもしれない。女はゆっくりとワッフルの最後の一かけらを口へ運び、手元のコーヒーをすすった。

「そんなことで傷つくなら、もっと早くに会いに来ればよかったのに。あの人、きっと喜んだよ？」

「……適当なことを言わないで」

「そ？」

沈黙が落ちる。もう用はない、と腰を浮かしかけたところで、女のスマホがピロン、と電子音を発した。ピロン、ピロン、と続けて鳴る。どうやら短いメッセージが続けざまに届いているようだ。

「ごめんね、ちょっと」

帰りたかったのだけど、女がまるでまだ居ろと言わんばかりに片手をかざして返信を始めたので、タイミングを失う。私は湯気の立つコーヒーを一口飲んだ。ずっと動き回って片付けをしていたので、舌と喉を温める香ばしい飲料はとてもおいしかった。

三分ほどでやりとりを切り上げ、女はふう、と息を吐いた。

「娘がね、今、学校行ってないんだ」

「娘って、かれんって名前の？」

「そう、十六歳。もー、むずかしくて。このあいだ口喧嘩《くちげんか》の最中に、他の子はお父さんとお母さんの両方からたっぷり愛をもらうのに、私はお母さんしかいなくて、しかもお母さんもろくに構ってくれないって泣き出したの。仕事が忙しくてあんまり一緒に過ごせなかった私も悪いんだけどさあ。まあ、困って、それでこの馬鹿っぽいコップを思い出したのよ。本当の父親じゃないけど、こんな風にあんたを娘扱いしてくれた人もいたでしょうって」

「本当の父親じゃない？」

「かれんは私が連れて行ったの。ちょうど色々あって、住む場所が必要だったから」

女は、それ以上説明するつもりはないようだ。私も、女の事情に興味はない。せいぜい知らないうちに妹が生まれていたわけではないとわかってほっとしたくらいだ。それよりも興味は別のところにあった。

「愛の証《あかし》としてのマグカップなら、『かれん』だけでなく、『きみこ』と『かずゆき』も必要なんじゃないの？」

　自分が、ずいぶん回りくどい聞き方をしているのがわかる。本当に聞きたいことは一つだけだ。あなたたちは、どのくらい愛し合っていたの？　聞けない。聞けるわけがない。女はなにも考えてなさそうな顔で首を振った。

「えー、いらないよ。だって私はあの人のこと、ぜんぜん好きじゃなかったもん。実の娘さんを前に言うのもなんだけどさあ。機嫌が悪いとしょっちゅう怒鳴るし、殴るし、あれこれ押しつけがましいし。このコップも、使え使えってうっとうしかった。私たちのことが好きだったんじゃなくて、ただ家族ごっこがしたかったんだろうね。他に当てがあったらすぐにでも逃げ出してたわ」

　女は再びピロンと鳴ったスマホを覗き、今度は返信せずにディスプレイの光を消した。

「でも子供は、どうしようもない親でも神様みたいになっちゃうから。愛されていた自信みたいなものが欲しくてたまらない時期があるのよね」

　口に苦みが広がった。

　どうして、こんな通りすがりの知らない女が、私の言われたくて仕方なかったことを言うのだろう。

　どうして、こんな女ですらわかっている当たり前のことを、私の両親は守ってくれなかったのだろう。

カップに半分以上残っていたコーヒーを一息に飲み干し、席を立つ。

「通帳、言われた場所にあったから」

「そう」

ぼんやりとした女の顔を見返す。父が迷惑をかけました。違う。かれんとお幸せに。違う。私も、父にまつわる辛《つら》い思い出があります。違う。適切な言葉が見当たらず、数秒立ち尽くす。ふと、思った。

この女はわざと強めに、私の前で父のことを拒んでみせたのかもしれない。

「名前を、かれんもあなたも、ちゃんと漢字で教えて欲しいんだけど」

「は？」

「中途半端に、平仮名で知ったから、気持ち悪くて」

「なにそれ」

女は呆れたように笑い、隣の椅子に置いてあったハンドバッグから黒いペンを取り出してカフェのナプキンにさらさらと字を書いた。有沢《ありさわ》妃《き》美《み》子《こ》、佳蓮《かれん》。私は頷き、女からペンを借りて同じナプキンに名前を書いた。錦野明日香。

「にしきの」

小さく呟き、女はまるでその響きを噛みしめるように目を伏せた。

電源を入れ、白い鍵盤に指を沈める。

「え、明日香が呼んだんだろ？」

「呼んでないよ」

「なんだよー。メシできたよ」

迷惑そうに肩をすくめ、冬馬はキッチンから牛肉とキャベツの炒め物と、わかめの入った卵スープを運んできた。ふわんと押し寄せるごま油の香りにお腹が鳴り、私は電子ピアノの電源を切ってテーブルに着いた。

「ビール持ってきて」

「あいよ」

「これと、ごはん？」

「そうだけど、もっと食いたかった？」

「そういうわけじゃないけど」

ぼんやりと考える。食費と雑費、それにお小遣いを合わせて、冬馬には毎月十万円を渡している。

十万円も渡しているのだから、食卓はもっと豪華になってしかるべきなんじゃないだろうか。大皿一つと、スープのお椀《わん》とごはんだけでは、いかにもテーブルが寒々しい。屋敷の暮らしを思い出していたせいだろうか。あの家の食卓には、いつも母と祖母がたくさんの料理を並べていた。煮物、焼き魚、おひたし、自家製の漬け物。時にはグラタンやハンバーグなんかも。

「つまみって意味で？　ならいいもんあるぜ」

けろりと言って、冬馬は冷蔵庫からキムチのパックを持ってくる。無神経にテーブルに置かれ、わけもなく苛立《いらだ》った。

「あのねえ、直箸《じかばし》でパックから食べたら、唾液《だえき》が入ってすぐ傷んじゃうでしょう。他の皿に盛ってよ。それにキムチをそのまま出すんじゃなくて、一手間加えるだけでもう一品作れるじゃない。きゅうりに挟むとか、なにか混ぜるとかさあ」

「明日香が腹減ったって言ったんじゃん！　だから急いで作ったのに」

「手を抜いただけでしょう。言い訳しないの」

もうバイトを辞めたのだから、冬馬にとっては家事が仕事みたいなものだ。屋敷にいた頃の母や祖母と立場はまるで変わらない。真面目にやって当たり前だし、適当に流せばいいと思っているなら不誠実だ。まあ、一度にたくさん言ってもふてくされるだけだろう。少しずつ教えていくことにする。

肉と野菜の炒め物を口に運ぶ。味付けは、ずいぶん濃い。焼き肉のタレがびしゃびしゃと使われている。私はもうちょっと薄味の方が好きなのだけど、若い男の子はこのくらいしょっぱい方が落ち着くのだろう。こちらだって気をつかっているのだ。

冬馬はむっつりと黙って、小鉢にキムチを取り分けている。

4

「ピアノ、弾きたいって言ってたじゃないですか」

男が大きな声を出したので、うつむいていた女は弾《はじ》かれたように顔を上げる。ここで初めて女の瞳《ひとみ》に光を描き込む。いくつか明るさの異なるトーンをちりばめ、ステンドグラスのように瞳に陰影を入れてもいいかもしれない。そのくらい大事なシーンだ。コマを大きくとり、女の猫背の角度を意識しながら鉛筆を走らせる。

「ピアノは売ることにしました」

「そんな、どうして」

「売れば少しはお金になるし、一部屋少なくて済みます。防音も気にしなくていいから、選べる物件も増える。いいことずくめです」

「間違っている。そういう障害を乗り越えるために僕がいるんです。一番大切なものを手放して選ぶ住処《すみか》なんてナンセンスにもほどがある」

「一番大切なのは子供たちです！」

きっと私の母はこんなこと言わなかっただろうな、と思いつつ、物語の構造をわかりやすくするため、主人公のセリフを尖《とが》らせる。次のコマでは周りの客を振り返らせ、物件情報が並べられたカウンターの奥に控える男の上司にも驚いた表情を描き込む。

「私はあの子たちの人生から父親を奪いました。その上さらに自分のなぐさめを確保しようだなんて、虫のいいことを考えていたからうまくいかないんです」

「なぐさめを、自分の心を守ってくれるものを手放して、長く走れると思わないほうがいいです」

女は両手で顔を覆い、ゆっくりと首を振る。あなたになにがわかるの、と小さくうめく。目を見開いた男の顔のアップ。こちらもステンドグラスのようにトーンで瞳を光らせる。ただし、さきほどの女の瞳よりも暗く、悲しげに。男はまばたきをして、なにも言わずに窓から店の外を見る。雨に濡《ぬ》れた街の遠景。『雨が降っても晴れた部屋』第二話、おしまい。

「最高です！」

ネームを読み終えた緑原はぐっと拳《こぶし》を握ってガッツポーズをした。そう、よかった、となるべくそっけなく頷《うなず》き、私はカップの底にわずかに残っていたコーヒーを飲み干した。

「いやあ、切ないです。不動産会社のタチバナ、いいキャラですね。彼がどれだけ優しく正しいことを言っても今のチアキには響かない、この関係性がまたいいです」

「じゃあ、この方向で問題ない？」

「そうですね、うーんと」

緑原はきれいにリップの塗られた唇を浅く舐《な》め、手元の資料を忙しくめくった。これまでの打ち合わせのメモや、先日メールで送った文章のプロットをプリントアウトしたものを見直している。プロットには、赤ペンであちらこちらに細かなメモ書きがされていた。

「この二人の他に、子供たちや新しい職場……えーと保険会社ですね、の同僚やママ友など、他の人物との交流をもうちょっと多めに描いて頂けないでしょうか。頂いたプロットだと、チアキが状況に打ちのめされるたび、タチバナがそれをフォローしたりなぐさめたりすることで愛が深まる構造になっていて、これはこれでロマンチックなのですが、一人の女性、しかも社会人であり母親であり恋もしている女性は様々な役割をこなす分、様々な価値観の違う世界を覗《のぞ》くことになると思うんです」

「でも、どれだけ多くの他人に接していても、心をさらしたり深い関係を築いたりする相手はそう多くないでしょう？」

「おっしゃる通りです。親身になるような関係じゃなくて、嫌いから始まる関係や、気になる、なぜか目を離せない、などの関係、すれ違うだけの関係もありだと思います」

もっともな指摘に頷き、打ち合わせ用のノートを開く。具体的にどのようなキャラクターを入れていくか案を出し合い、いくつかの候補を書き留めた。緑原は他にも登場人物の服装や生活時間、化粧を落とすタイミングなど、細かなところに気を配って指摘を入れた。石本よりもよほど丁寧な仕事ぶりだ。小一時間ほどでノートの見開きがメモでびっちりと埋まった。

「あとは……」

緑原の目がプロットの最後へ向かう。それまで歯切れよく次々と意見を出していた若い口元が、わずかに動きを鈍らせた。

「何度も検討したのですが、やっぱりこのチアキが抱えてきたテーマ……苦しみが、タチバナとの恋愛の成就で解消されていいのか、と疑問に思う部分があります」

「またその話？」

少しうんざりして聞き返す。愛情の話にする、とはこの打ち合わせの前にも何度もメールで伝えてきた。声に怒気がにじんでしまい、緑原は心なしかおびえた顔でぎこちなく頷いた。

「運命の人に出会い、受け入れられることは確かに素晴らしいことです。でも、それが叶《かな》わない人はどうすればいいんでしょう」

「ちょっと、それはテーマが違うんじゃない？　そんなことを言い出したら、恋愛漫画なんて一つも描けなくなる」

「そうですね……私が、無理を申し上げているのかもしれません。でも、なにか、斑木先生は恋愛の先にある世界を描いてくださる気がして……」

「あのねえ、あなた……荒野を引きずりすぎ。私は今、読者がああ幸せだった、ずっとこの世界に浸っていたかった、って笑顔で本を閉じる漫画が描きたいの」

「うーん……そうですね」

緑原は低くうめき、煮え切らない様子で黙り込む。うつむくと、緑原の透明感のある白い肌には長い睫毛《まつげ》の影が落ちた。人形めいた美しい顔立ちは、それこそ多くの恋愛をこの子の人生へ引き寄せてきたのではないだろうか。

「今の若い人は、あんまり恋愛をしたがらないって聞くけど、そういうことなのかな。あなたがこのラストに納得できないのは」

「はあ……」

「そういう時代ならなおさら、恋をしたり人を愛したり、そういうものがどんな喜びを人生にもたらすか描くことは意義があると思うんだけど」

「……考えてみます」

おそらく若い緑原は、誰かに人生を救われた経験がないのだろう。なら、作品を通じて教えてやればいい。ノートとネームを片付けて席を立つ。会計のため、あとに残った緑原は、私がサボテンを出るまでずっと頭を下げていた。

六月に入り、一階のリビングと両親の寝室の片付けが終わった。寝室のクローゼットは空になり、妃美子のベビードールや下着類もすべて捨てた。各部屋には、売るためにまとめた小物の段ボール箱と、家具だけが残されている。

「リビングの百科事典とか、一回も読んだことないんじゃないかってくらいぱりっぱりだったわ」

「たぶん、本当に一回も読んでないんだと思うよ」

「インテリア？」

「流行《はや》ったんだよ、確か」

たとえ中のページは開かれなくても、半世紀かそれ以上、おごそかな背表紙を愛《め》でられて、事典も成仏したことだろう。二十巻ぐらいあった分厚い布張りのハードカバーの、その内部に隙間なく詰まった情報、開かれなかった宇宙を思う。膨大な空費。それだって、大して珍しいことではないのかもしれない。

次は比較的物が少ないサンルームと診察室を片付けることにした。

建物からぽこりと突き出した円形のサンルームは、天井と壁の上半分がガラス張りになっていて、下半分には円の曲線に沿う形で木製のベンチが設置されている。かつてこの部屋は診察を待つ大勢の子供でにぎわっていた。子供たちはベンチに行儀よく座っているよりも寝そべっていることのほうが多かった。男の子はベンチの上を走り回り、女の子たちは床に座っておはじきやままごとをしていた。部屋の真ん中には、夏には麦茶の瓶を載せたテーブルが、真冬にはストーブが設置された。サンルームから屋内へ入る扉の横には、受付の小さな机があった。

今、サンルームには父が最後に干した洗濯ものと、プラスチック製の洗濯かごが残されていた。乾燥しすぎて干からびた下着やシャツをピンチから外してゴミ袋へ詰め、劣化したプラスチックがところどころ欠けている洗濯ハンガーそのものも、燃えないゴミの袋へ入れる。子供たちが大好きだったベンチは塗装が剝《は》げてささくれ立ち、手入れもないまま紫外線に晒《さら》され続けたせいかずいぶん色が薄くなっていた。

「好きだったんだ、この部屋。小児科が流行ってたころは、上のほうに星とかロケットとか、子どもの好きそうなオーナメントが飾ってあってさ。診察時間が終わってみんな帰った後に、よく一人でベンチに座ってぼーっとしてた」

父に、この部屋がお屋敷で一番好き、と伝えられたらよかった。父はどんな顔をしただろう。

「大工になればよかったんだよ。この家を出てさあ。そうしたら、たぶん家族四人で暮らせたのに」

「なに、親父さんのこと？」

「そう」

「前はずいぶん嫌ってたのに」

「え？」

「さんざん言ってたじゃん。お母さんのこと殴ってたとか、冷たい人だったとか」

「そう……そう、なんだけどさ。でもやっぱり、お父さんだけのせいじゃないって思うの。厳しい家だったから」

ばたん、とピアノのふたが閉じる音が耳によみがえる。

私が知る限り、父は一度も二階のピアノに触らなかった。私は女だから、それでもあの家で居場所が与えられた。でも、父にとってはどうだっただろう。彼は見捨てられる自由もなく、違う違うと否定されながら、才能のない仕事を続けるしかなかったのではないだろうか。

「無理に家業を継がされて、その上、先代の方が良かったって文句ばかり言われて、誰にも認めてもらえなくて。だから、うまくいかなかったんじゃないかな」

「ふーん」

冬馬は大した興味もなさそうにゴミを片付けている。涼しい横顔が癇《かん》に障って、手に持った箒《ほうき》の先で後頭部を小突いた。

「いった！」

「ふーんじゃないよ、ちゃんと聞きなよ。あんただって、うちのお父さんの遺産に世話になるんだから」

「聞いてるって！　えー……そんなこと言ったって、親父さんが決めたことだろ？　しょうがないじゃん、自分でイケてない人生選んだんだから。自業自得だろ」

「イケてない……」

「無理にっつってもさあ、家が仕事持ってると、なんだかんだ言って継いだ方が楽な場合もあるぜ？　うちがそうだったもん」

「冬馬の実家、お総菜屋さんだっけ」

「うん。俺は全然継ぐ気なくて、高校卒業したら予定通り家を出たんだけどさ。姉貴は継がないって言ってたのに、ある日突然、会社勤めが合わないって帰ってきて、結局今は店の厨房《ちゅうぼう》に入ってるもん。そんなもんだよ。親父さんも、大工を目指したけどなんだかんだ上手《うま》くいかなくて、病院を継ぐしかなくなったんじゃない？」

「人の父親を、ぼんくらみたいに」

「ぼんくらって……よくある話じゃん。てか、俺の姉貴はぼんくらかよ」

「それに病院を継ぐには医師免許もいるし、研修としての下積みも必要なんだから。そんな他の仕事で上手くいかなくて、なんて理由で継げるものじゃないの」

　こちらが真剣に言っても、冬馬は相変わらず上の空だ。ふと、汚れで曇ったガラス窓を指さす。

「親父さん、もう長いこと病院やってなかったんだな」

　たしかに医院の看板は外にかかったままだが、この部屋の荒れ具合を見る限り、少なくともここ数年は診察していたように思えない。近年の父の暮らしぶりについて、私はなにも知らない。知ろうとしなかったことが、今さら後ろめたく感じられた。

　サンルームの荒廃に比べ、診察室はまるで時が止まったように記憶のままの姿を留《とど》めている。せいぜいカーペットの色がいくらか褪《あ》せ、部屋のすみの機材が一つ二つ増えたぐらいだ。病院を閉めてから、おそらく父は二階と同じく、ほとんどこの部屋を使わなかったのだろう。

ファイルの並んだ棚や机に手を伸ばしてすぐに、私たちの片付けは行き詰まった。個人情報のつまった患者のカルテが山のように出てきたからだ。

「これは……ぜんぶシュレッダーしなきゃいけないやつかな」

「うわ、めんどくせえ」

積もり積もった数十年分のカルテを前に、私たちは頭を抱えた。後日シュレッダーを持参することにして、この部屋は後回しにしたほうが良さそうだ。下手に掘り返すと、うかつに捨てられない紙の山に埋もれることになる。

「しょうがない、今日は他の部屋に……」

言いかけたところで、デニムのポケットに押し込んだスマホが鳴った。ディスプレイには「堀越昌子」の四文字が表示されている。母だ。電話がかかってくるなんて珍しい。通話ボタンを押して耳へ当てると、なんかさーあ、とすぐに緊張感のない声が鼓膜を揺らした。

「骨折しちゃって」

「は？」

「いやね、駅の階段を下りてたら真後ろの人が前のめりに転んだみたいで、巻き込まれて倒されちゃったのよ。一回転して、足首を階段に叩《たた》きつけて、もう最悪」

「え、待って、今どこにいるの？」

「病院よぉ。初めて救急車乗っちゃった。待ってね、今、鷹光が……そう、明日香。替わら……あっそう。あ、なんかもう行かなきゃなんないみたい。とにかくね、入院の手続きやらなんやらは鷹光がやってくれたんだけど、あの子も忙しいから、寝間着とか色々持ってきて欲しいの」

「入院？　今から？」

「そう、今から」

いつも通り、自分のことなのに他人《ひと》事《ごと》みたいな間延びした口ぶりで、母は現在いる病院の名前と住所、パジャマや洗面道具など、入院生活に必要な品をいくつか告げて通話を切った。私はまだ起こった物事の実感がないまま、ぽかんとしている冬馬へ顔を向ける。

「お母さん、駅の階段で足を骨折して、病院に運び込まれたみたい」

「え、やばいじゃん」

「ごめん、ちょっと行ってくるね」

「俺も行こうか？」

「とりあえずいいや。ばたばたしてるだろうし、冬馬が行くとしたら落ち着いてからの方がいいと思う。このあと稽古《けいこ》でしょ？　もしなにかあったら連絡するから」

「じゃあ、車で近くまで送るよ」

慌ただしくゴミをまとめて屋敷を出る。新宿《しんじゅく》駅のそばで車から降ろしてもらい、近くの百貨店でパジャマや下着類、歯ブラシセットなど、必要なものを買いそろえた。駅前でタクシーを拾い、十分ほど揺られて教えられた病院に辿《たど》り着いた。古い、大きな総合病院だ。

四人部屋の隅のベッドを割り当てられた母は、ギプスで固定された足を床につけないよう深くベッドに腰掛けて、つまらなそうに紙コップに注がれたお茶を飲んでいた。

「明日手術で、そこから一ヶ月は入院だって」

「災難だったね」

頼まれた品をベッドの横の細長い棚に詰めていく。途中、スリッパとシャンプーセットを追加で頼まれ、病院の売店に買いに行った。自販機でいくつか飲み物も買って、ベッド横の小型冷蔵庫に詰めておく。母はどこか満足げに動き回る私を見ていた。

「やっぱりこういうことはあんたの方が気がつくわあ。鷹光なんて、スリッパがどこで売られているかもわからなかったのよ？　もっと家のこともやらせるんだったわ」

「そりゃ蓉子《ようこ》さんも苦労してるよ」

ひとしきり兄の悪口で笑い合い、病室の隅に置かれたパイプ椅子を借りて母の向かいに座り、買ってきた紙パックのジュースで一息つく。私はオレンジ、母は林檎《りんご》だ。

「そういえば、このあいだ平林さんから連絡もらったよ。通帳を見つけてくれてありがとね」

「いえいえ」

「中のお金だけどさあ、お葬式の費用を智さんに返してから、私とあんたと鷹光で分けようと思うの。あとであんたらの口座に七十万ずつ振り込むから」

「え、いいよ、お母さんのだよ。全部とっておきなよ」

「思ったより入ってたからね。あんたと冬馬くんなんて若いんだから、これからどれだけあったって足りないくらいでしょう。なにかの足しにしてちょうだい。鷹光のとこも三人目がもうすぐ生まれるし、ちょうどよかったわ」

「……いいの？　だいじょうぶ？」

勤めていた会社を五十代で退職した母は（あんまり年が進むと居づらい社風だったのよ、と言っていた）今は近所の学習塾の事務職と、週に四回、夜に近所の楽器店で社会人向けのピアノ教室を開いて生計を立てている。私は母の財布事情がよくわからない。ただ、特にお金に困っている様子もないし、それほど心配はしていないが。水を向けると、母はにやっと口角を上げて芝居がかった仕草で泣き真似をした。

「えーもう、超々困ってるう。五百万ぐらいお小遣いくれる？」

「だいじょうぶそうだね。じゃあ、ありがたくもらいます。……助かります」

浅く顎《あご》を引いて頭を下げる。母は戯《おど》けた芝居をやめ、うん、と一つ頷いた。

母のことを時々、世間のいわゆる母親的な存在になり損ねた人のようだ、と思うことがある。私とも兄とも、まるで年の離れた親しい同居人のような口調で話す。親切だし、求めれば相談にも乗ってくれるし、訪ねれば食事もごちそうしてくれる。だけど、母といても自分がこの人の子供である、という感覚をさほど持たない。

それはきっと、私たちの家庭が一度壊れたからだと思う。

父と一緒に暮らしていた頃、母はもっと母親らしい人だった。もっと子供たちと距離が近く、もっと子供たちに触れ、もっと子供たちからなにかを引き出そうとしていた。

おそらく母は、私と兄との暮らしを成り立たせるため、母親らしい母親でいることをどこかの時点でやめたか、諦《あきら》めたのだ。三人暮らしでは家事であったり、近所づきあいであったりで私や兄に頼る場面も多く生じ、だんだん彼女は私たちを子供扱いしなくなった。

「もうパジャマに着替える？　手伝おうか」

ジュースを飲み終えるのを見計らって聞いてみる。すると、母はいやそうに首を振った。

「あとで看護師さんに着替えさせてもらうからいいわ」

「そう」

「それよりあんた、今日は仕事だったの？」

「ちょっと前に締め切りが明けたばかりだから。今日はお屋敷の掃除してたよ」

「あー、そうか大変ね。どう？　ゴミ屋敷になってた？」

大変と口では言っても、手伝う気なんか毛頭ないのだろう。やけに楽しそうに聞いてくる。

「いや、ゴミ屋敷ってほど荒れてはいなかったよ。多少ごちゃごちゃしてるけど、ほとんど使ってなかった部屋もあるし。めぼしい家具や小物を売ったらそこそこまとまった額になりそう。冬馬も手伝ってくれてるし、なんとかなるよ」

「冬馬くんいいこねー。私ああいうさっぱりした子けっこう好きよ」

「お兄ちゃんはいやみたいだけど」

「あの子は頭が固いから。いいのよ、兄妹《きょうだい》っていっても大人同士なんだから。それぞれ好きに暮らせばいいの」

関係ない、と虫でも払うように手を揺らし、きっぱりと笑う。私にとって優しいことを言われているはずなのに、やっぱり少しぞくっとする。

急に、聞いてみたくなった。

「お母さんはさ、なんでお父さんと結婚したの？」

「えー、なによいきなり」

「いや、考えてみれば、聞いたことないなって」

「もう忘れちゃったよー」

母は顔をしかめて天井を仰いだ。

「お見合いよ、お見合い。なんだっけなあ……真面目そうに見えたのよね。まあ、真面目だったんだけど。体格もいいし、将来はお医者さんだし、いいかなって。ほら農家さんとか、お店屋さんとかに嫁ぐと家業の手伝いが大変でしょう？」

「……そんな理由？」

「一昔前はそんなものよ。恋愛結婚する人も中にはいたけどね。私の家は地方議員だった父親……あんたのおじいちゃんね、が嫁ぎ先の家柄にも結構うるさかったから」

「ああ、勘当されちゃったんだよね」

「離婚の時にね。まあ、議員様なんて世間体がすごく大事だし、仕方がないんじゃない？　子供だって六人もいたから、一人ぐらいいなくなったって、あの人にとってはなんてことないのよ」

母は肩をすくめ、サイドテーブルの引き出しから取り出したピスタチオの殻をむきながらまるで他人事のように語った。ああ、やっぱり、と腑《ふ》に落ちるものがある。この人にとって、肉親という存在はどれだけ軽いものなのだろう。

私のことも、どうでも良さそう。

ちらりと思って、胸の下の方をすっと冷たい風が通り抜けた。馬鹿馬鹿しいことだけど、きっとそうだ。自分とは考えが合わないと思ったら、この人はきっと私を捨てる。捨てる力を持っている。

「……じゃあ、お母さんがお父さんと離婚した理由ってなんだったの？」

「うーん」

母は眉間《みけん》にしわを寄せ、短くうなった。

「えー……そうねえ、嫌なことは色々あったけど……やっぱり一番は、味方になってくれなかったことかなあ」

「味方？」

「あの家には色んなものがあったけど、本当の意味で私の自由になるものは一つもなかったの。あんたと鷹光も、私の子どもじゃなくて錦野家の子どもって見なされてたし」

「はあ。そうなんだ」

「鷹光の進路だったかなあ。どこの学校に行かせるかっていうので、珍しくあんたのお祖父《じい》さんとお祖母《ばあ》さんが揉《も》めてね。お祖父さんが、口出しするな、嫌なら出て行けって怒鳴ると、もうそれでお祖母さんは黙っちゃうのよ。それを見て、なんだか馬鹿らしくなっちゃった。あんたのお父さんはお祖父さんそっくりだったから、何十年後かに同じこと言ってるの想像できたしね」

「えー……信じらんない。そういう一昔前の男尊女卑のエピソードってよく聞くけどさあ。世話になってる家族に出て行けとか、どんだけ頭おかしかったら言えるの。ぜんぜん対等に見てないってことでしょう？」

「そういう時代だったんだよ。男は女より上だって空気があって、それが当たり前になってたんだ」

「……なら、私たち、連れ出してもらえて良かったよ。だってあの家に残ってたら、私は次の家政婦だし、お兄ちゃんも、お父さんやお祖父ちゃんみたいになってたかもしれない」

　母は苦々しく笑い、肩をすくめた。

「といっても、鷹光は医大を出たらあそこに戻す約束だったし、そのための学費も受け取ってたからね。私がなにもかもまかなえたわけじゃないよ」

「え、そうなの？」

「そりゃそうよ。大事な跡継ぎをそう簡単に手放してくれるわけないでしょう」

「お兄ちゃんはそれ知ってたの？」

「もちろん。ちょっとはその気だったんじゃないかな。ただ、色々あって錦野医院もだんだん傾いちゃったしね、上手くいかなかったの」

　そこで私はようやく、母について行ったにもかかわらず、私と兄の名字が変わらなかった理由に気づいた。いずれ返す子供だから、変えられなかったのだろう。それすらも離婚の条件だったのかもしれない。

「……屋敷の片付けしてるとさ、昔のことばかり考えちゃうよ」

「そう」

「最近、ピアノの練習用に中古の電子ピアノを買ったんだ。それでさ、退院して落ち着いてからでいいんだけど、空いた時間にちょっとピアノ、教えてくれない？」

「いいけど……ええ？　あんたがピアノ？　小さい頃に習って大っ嫌いになってたじゃない」

「うん、そうなんだけど、ちょっと気が変わったっていうか」

鍵《かぎ》のかかった祖父のピアノがまぶたに浮かぶ。

本当は、好きになれたんじゃないか、と思うのだ。あんな風にひどくプレッシャーをかけられて指導されたから覚えも悪かったし、きらいになったのであって、落ち着いて向き合ったら私もピアノに馴染《なじ》み、楽しんで弾くことが出来たんじゃないだろうか。

だけどこれは、人には言いたくない。少し言い方を変えることにした。

「今、お母さんから聞いた話をもとに漫画描いてるの。離婚のとき、不動産屋さんが楽器オッケーの部屋を一生懸命探してくれたってやつ。それに、ピアノの描写がたくさん出てくるからさ。久しぶりに触っておきたいんだ」

「やーだ、なつかしい。そんなこともあったっけね。いいわよ。生徒さんのいないときなら、いつでも」

「ありがとう。それじゃあ、また来るから。必要なものがあったら言ってね」

「はいはい」

椅子を元の位置に戻し、病室を出る。照明の弱い廊下を歩いて、エレベーターホールへ向かう。

少し、ほっとしている自分がいた。怪我をした母が、思ったより取り乱していなかったからかもしれない。あの人らしくないところを見ずに済んだ。

その日の晩、母から電話がかかってきた。

「大事なことを言い忘れちゃった」

「はあ」

「私の大学の同級生に、かなり大きめのアンティークショップを経営してる社長がいるのよ。その会社、家屋整理のフルセットがあってね、残して欲しいものだけ先に指定すれば査定も整理も清掃も、ぜーんぶやってくれるの。料金は三割引きでいいって。今度あんたたちが行く日に合わせて下見に行かせるから、日にちを教えて」

「え、すごい。いいねいいね」

いいね、と言いながら、ぜんぜん心が弾んでいない自分に気づいた。むしろ余分な厄介ごとを押し付けられた気分に近い。屋敷の整理を他人に預けるのはいやだ、と小さくてもはっきりとした声が体の内側で響いている。だけどそれを上手く説明できない。むしろ、母には言っちゃいけないことのような気がする。

来週の片付けの予定を告げ、通話を終えた途端にため息が出た。

「お母さん？」

同じリビングでニュースを観ながらストレッチをしていた冬馬が顔を上げる。

「なに、なんか悪い話？」

「なんでそう思うの？」

「明日香、めんどくさいときによくそういうエレベーターガールみたいなしゃべり方すんじゃん」

「エレベーターガールなんてよく知ってるね。もうあんまり見かけないのに」

「前にデパートものの劇をやったときに出てきた」

高校在学中に清涼飲料水のキャンペーンで催されたオーディションに合格してＣＭの端役を務め、卒業してすぐに上京し演劇の世界に飛び込んだ冬馬は、この世の様々なことを劇を通じて知っている。時々ものすごく博識で、時々ものすごくもの知らずだ。つい先日まで、国民年金と国民健康保険の違いすらよくわかっていなかった。賢い冬馬は褒めたくなるし、馬鹿な冬馬は撫《な》でたくなる。どちらもとてもかわいい。

「で、なんだって？」

「なんか、お母さんの知り合いの、査定も清掃も、家屋整理を全部一括でやってくれる業者を紹介してくれるって。料金も割引きできるからって」

「いいじゃん」

「いいのかなあ」

「俺も来週から稽古の大詰めで行けなくなるし、明日香も原稿あるし、一人でやるの大変だろ。都合よくやってくれるところがあるなら、悪くない話だと思う」

そう、なのかもしれない。確かに仕事もだいぶ家屋整理に圧迫されてきつくなってきた。ここはむしろ、母に感謝するべきなのだろうか。

ストレッチを終えた冬馬のうなじをぼんやりと眺める。後ろに座って金色の後れ毛を撫でると、ひゃっひゃとくすぐったそうに笑ってもたれかかってきた。唇と鼻筋にキスを落とす。お返しとばかりに、顎の先を柔らかく噛《か》まれた。

「いいニュースがあるんだ」

「え？」

「ほら、このあいだ飲み会に参加したって言っただろ。テレビ関係者が何人か来てたんだけど、知ってるかな、砂川《すなかわ》さんっていうえっと……ちょっと前に水曜の十時からやってた『鳳仙花《ほうせんか》』ってドラマのプロデューサーが、前の舞台で俺を覚えてくれてたとかで、今度稽古を見に来ることになってさ」

「あれ、『鳳仙花』ってあの老人ホームの三角関係のドラマでしょ？　けっこう話題になったよね。よかったじゃない」

「だろ、だろ。いやあ、これを機会に拾ってくれないかな。上手く行けば、次のドラマのオーディションにもぐり込ませてくれるかもしれない」

「いいこ、いいこ。がんばりなね」

それから『鳳仙花』や、最近観て面白かった映画やドラマについて、ひとしきり盛り上がった。職業柄、私は物語の構造そのものに注目し、冬馬はシーンごとの表現方法に言及する。

「でもさあ、やっぱりあそこで自殺なら、もっと手前に伏線が必要だと思うんだよね。そうじゃないと親切じゃないよ」

「いや、唐突にあのシーンが来るからいいんだよ。確かに一瞬びっくりするけど、観ればば納得しちゃうだろ？　たった五秒の表情の変化で、今までちらっとも出してこなかった罪悪感を観る側に理解させるんだから、あの俳優はすごいよ」

　こんな風に、冬馬と色んな作品について話し合っているときが一番楽しい。自分たちがしっかりと歯車の噛み合ったパートナーだと感じられる。きっと私たちは一昔前の閉《へい》塞《そく》した人たちとは違う、自由で対等な男女関係を築く最初の世代になるのだろう。

「そうだ、何曲か弾けるようになったの。聴いてくれる？」

　ふわふわと浮かれたまま立ち上がり、電子ピアノの電源を入れた。それほど時間は遅くないけれど念のため音量を絞り、教本の初めの数曲をゆっくりと弾く。間違えて、少し笑って、弾き直す。それだけのことがすごく楽しい。

　まるで遊んでいるみたいだ。ピアノで遊ぶなんて、子供の頃は許されなかった。甘い、切ないような感覚が心をひたひたと濡らしていく。これが、幸せだろうか。ああしなければだとか、こんなのは恥ずかしいだとか、そんな体を覆う堅いものがぼろぼろと砕け、中からとても傷つきやすい、柔らかな私が出てくる。

「昔はすごく緊張しながらじゃないと弾けなかったの。上手く弾かなきゃ、上手く弾かなきゃってそればっかりで」

「ふーん。楽器ってそういうもんなの？」

「まさか、違うよ。うちはピアノぐらい、教養として弾けて当たり前って家だったから。

毎週末、家族みんなで集まっておじいちゃんのクラシックレコードを聴くんだよ？　しかも感想まで言わなきゃいけないの」

「やばいなそれ」

冬馬はまるでバラエティ番組でも見ているようにケラケラと笑う。

「笑いごとじゃない。ほんと、辛《つら》かったんだから」

辛くて、やばくて、それでもあの屋敷にいる間、私は祖父に認められたくて仕方がなかった。

なぜだろう。

「たまに、思うんだ。私がおじいちゃんおばあちゃんが望むくらい、立派になれたらよかったのに。勉強ができて、ピアノも弾けて、病院も継いで、あの人たちの自慢の孫になりたかった。そうしたら今でもあの屋敷で、家族みんなで暮らしてたんじゃないかって思うの」

「……マジで？」

頷いて、ぽつりと涙が落ちた。そうか、私はそんなことを考えていたのか、と遅れて実感する。懐かしいピアノの音色に導かれ、本当に小さな子供の頃の自分が顔を出した感じだった。

みんなで仲良く暮らしたかった。驚くほどシンプルな願いに、頭が甘く痺《しび》れる。次々に涙が落ち、膝《ひざ》が濡れる。冬馬はじっとこちらを見たまま動かない。両腕を広げると、ようやく腰を上げて私を抱きしめた。気が利かない、馬鹿な子だ。でもこの焦《じ》れったさが、彼の女慣れしていない純朴な性質を感じさせて、心地よくもある。

「冬馬がいてくれてよかった」

心からの感謝を込める。こんな風に、一番無垢《むく》で柔らかい私を受け止めてくれる人がいなければ、私はきっと一生誰にも甘えられなかっただろう。

私を抱く冬馬のシャツに、次々と涙が吸い込まれていく。

5

サボテンの扉を押し開くと、緑原は前と同じ席に座っていた。

こちらを振り向き、すぐに立ち上がって頭を下げる。

「お忙しいところすみません」

「締め切り前だし、電話でいいって言ったのに。そっちの雑誌も校了前でしょう？　発売日は同じなんだから」

「でも、どうしても会ってお話ししたくて。お時間を割いて頂き、ありがとうございます」

頭を下げる緑原の顔は陶製の人形のように強《こわ》ばっている。大きなモカ色の革鞄《かわかばん》から、プリントアウトしたネームの束を取り出す。二人分のコーヒーが運ばれるのを待ち、緑原は浅く息を吸って切り出した。

「最終話のネーム、確かに拝読しました。一話から順に、何度も読み直しました」

「……それで？」

「このままでは、だめだと思います」

「批判するときは具体的に」

うながすと、緑原は口をつぐんだ。眉間《みけん》にしわを刻み、難しい顔でネームの束の角に親指の腹を当てる。

「二人が結ばれるのはいいとしても、チアキの抱えてきた葛藤《かっとう》がそれで解消されてしまうのにはやはり違和感があります」

「……何回も同じことを言わせないで」

「こ、恋、そのものや、恋愛を通じた登場人物の成長がテーマの作品なら、それで十分に見応《みごた》えのあるラストです。でも、斑木先生がずっと抱えてきたテーマは……違うのではないかと」

「私がどんな漫画家かなんて、どうしてあなたが決めつけるの！」

思わず握り拳《こぶし》でテーブルを叩《たた》く。跳ねたコーヒーカップとソーサーがぶつかり、カチッと鋭い音を立てた。カウンターで掃除をしていた初老の店主が怪訝《けげん》そうにこちらを覗《のぞ》く。緑原は弾《はじ》かれたように肩をすくめた。

「石本も、同じように、言っていて……これではだめだと……」

言い訳じみた物言いに、余計に頭に血が上った。自分で私を説得できないからって、石本の名前を出すのか。

「なんだ、私の担当は石本さんのままだったんだ。石本さんの言うことは、あなたにとって無条件で正しいんだね。なら、あなたはなんのために居るの？」

真っ青な顔をして、緑原は髪が揺れるほど強く首を振った。

「い……いえ、いえ！　違います。このままではいけないというのは私の意見です。……理由は、その」

おびえ、ためらう緑原の口元を注意深く見守る。そうだ、これは私と緑原の仕事だ。叩き潰《つぶ》すとしたら、緑原が自分の手で、舌で、不快や痛みを味わいながら完遂するべきだ。たっぷりと沈黙し、緑原はぽつりと口を開いた。

「斑木先生、今、とてもお幸せなのだと思います」

「……は？」

「長く付き合っている恋人の方と、ご結婚されるとも伺いました。でも、私を含め、先生の作品を追ってきた多くの読者はそうではありません。運命の人に会えたから幸せになれる。その結論は、なんだかとても……置いて行かれたようで」

「……私に、幸せになるなって？」

「いえ、そんなことは」

緑原はきっぱりと首を振る。

「先生が幸せでも不幸せでも、作品が良ければなんでもいいんです。……とにかく私は、この作品に説得されませんでした。ハッピーエンドがどうとか主役の二人がどうとか方向性の正誤ではなく、単純にお話として弱いんです。読者をねじ伏せられない。幸運で良かったね、とそれだけの話になっている。だからこのままでは通せません」

「なに、なんの話をしているの？」

「斑木先生は本当にこの物語を、心から信じていますか？」

私はぽかんと口を開いた。耳が、おかしくなったのだろうか。こちらを見つめる緑原の体が小刻みに震えている。話として弱い？　幸運なだけの話？　今、目の前の、大学を出たばかりの右も左もわからない小娘から、ものすごい侮辱を受けた気がする。

「……私の描くものであなたが不足を感じるとしたら、それは、あなたの苦労が足りていないだけだよ」

おびえながらも交わっていた緑原の目が、私の胸元辺りまで落ちる。奥歯を噛《か》んでいるのだろう、口角が歪《ゆが》んでいる。これ見よがしな溜《た》め息を落とし、バッグをつかんで席を立つ。がた、と押し出された椅子が、思ったより大きな音を立てた。

「次に丸川から連絡を寄越《よこ》すときは、あなた以外の人にして」

緑原の頭がわずかに揺れる。店を出ながら、スマホを取り出して他社の編集部に持ち込みの電話をかけた。よく聞こえるよう、大きな声で。

ソファであぐらをかき、背中を丸めた冬馬の頭が少しずつ右側に傾いていく。目線の先は、ローテーブルに広げた私のネームだ。『雨が降っても晴れた部屋』。展開に迷った際、ネームを冬馬に見せるのはそう珍しいことではない。でも、彼の一声をこれほど息苦しい心地で待つのは初めてかもしれない。

時間をかけて最終話まで読み終わり、冬馬は傾いた頭をかくんと反対側に倒した。そのまま天井をじっと見上げる。十秒待って、声をかけた。

「どう？」

「んー、いや、んー……」

冬馬は沈黙したまま、なかなか口を開かない。

すぐに褒めてくれると思ったのに、裏切られた気分だ。ふいにガスコンロのつまみをひねるように、腹の底で燃える炎が大きくなった。

「言いたいことがあるならさっさと言いなよ！」

「なんでそんな、いらいらしてんの……」

「あんたがぼーっとしてるからでしょう」

「考えてたんだろ……なんか、他の明日香の漫画より閉じてる感じがした。今までのは、こう、どんどん終わる場所が遠くなるっていうか……ネームを書いてる間に、どんどん明日香の中で結論が動いていったのかなって感じがしたけど。今回のは……あー……先に終わりがあって、そこに向けて作った話って感じ」

「……今回は、ハッピーエンドにするって決めてたから」

「今まではそんな縛り作ってなかったのに、なんでいきなりハッピーエンド？」

考えてみればなぜだろう。確かに私は今まで、あえて結論の出ていないことを漫画にし、解きほぐし、描くことで新しく答えを得ようとしてきた。だけど今回はどうして、まずハッピーエンドが頭に浮かんだのだろう。

考えを巡らせ、だんだん息苦しくなる。冬馬は試験管を覗く研究者みたいな温度の低い目で私の顔を見ている。

「説明できないってことは、作中でも説明できてないってことなんじゃないか？　だから、読者が置いて行かれた気分になる」

それは編集者に徹すると決めた瞬間の、緑原の目に似ている。これまでにも幾度となく見た、職業人としての冬馬の目だ。つい先日もこんな目をした冬馬と楽しく語り合ったばかりだ。『鳳仙花』について、流行《はや》りのドラマについて、映画について。観察し、分析し、裁定した。覚えている。前は、自分の作品について冬馬から意見をもらうことは、スリリングではあってもいやなことではなかった。むしろ指摘を原稿に生かしてきた。

それなのに、なぜか無性に腹が立って許せなかった。

「今、言っててちょっと気持ちよかったでしょ」

「……へ？」

「批判だけなら、後出しじゃんけんでいくらでもそれらしいことが言えるよ。あのね、作品でご飯を食べてる人間は、なにを描いたって、必ずどこかで殴られるの。傷のない作品なんてこの世にはないの。私はそういう世界で戦って、ここの家賃も食費も光熱費も稼いでるの！」

なにかを言いかけた冬馬が口を結んだ。私は息を吸い、間を置かずに続けた。

「家族なんだから、後ろから刺すようなことをしないで！」

「……刺してなんか……」

「じゃあなに？　なんでそんな他人事《ひとごと》みたいに言えるの？　今、私のことをやり込めようとしたでしょう。私はこんな……迷ってる途中の原稿まで見せるくらい気を許してるのに、ひどいよ！　辛《つら》いときに味方になってくれないなら、なんのために一緒にいるの！」

冬馬の顔は叱られた子供のように張りつめて、すっかり表情をなくしている。黙り込んだ彼のつむじにまくしたてながら、軽い波のようなものがふうっと体中に広がっていくのを感じた。ふわふわと甘くてなめらかな、メレンゲ、そうだメレンゲみたいな。

もういい、と席を立ち、冬馬の顔を見ずに寝室のベッドにもぐり込む。枕を抱き、月明かりで白く縁どられたカーテンの隙間を眺めた。来るだろうか。来るに決まっている。ぎ、とわずかにベッドが傾いた。顔を向けるまでもない。背後から伸びた腕がそっと私の体を撫《な》でる。寝たふりをしていると、痛いぐらいに緊張していた背中が温かい体に包まれた。ふいに視界がにじみ、涙が鼻筋をすべり落ちた。

指先までたっぷりと満ちたメレンゲが、しゅわしゅわと弾けて溶けていく。この温かさに浸っていれば、いつか私は、まともになるのかもしれない。欠けたものが足りて、健やかな、恥ずかしくない人になれるのかもしれない。

洟《はな》をすするうちに冬馬がぐっと腕の力を強めた。ごめん、と耳元でささやかれる。私は首を振り、寝返りを打って彼の体を抱きしめた。

「全然問題ないと思いますけども」

読み終えたプロットをもう一度初めからめくりつつ、孔林社《こうりんしゃ》の片貝《かたがい》は首をひねった。年が近く、デビューの直後から声をかけて仕事を回してくれた彼は、担当編集者の中でも頼みごとがしやすい相手だ。やせ形でメガネをかけた穏やかな風貌《ふうぼう》は一見頼りなく見えるが、過去に彼と編み上げた青春ものの短編作品集は五刷に届いている。編集者としての能力は申し分ない。

「丸川出版のご担当は、なにがだめだと言っていたんですか？」

「……ハッピーエンドは、読者を置き去りにすると」

「うーん、ちょっと意味がわからないですねえ」

片貝はちらりと苦笑し、うん、と一つ頷《うなず》いてネームを置いた。

「やっぱりいいですよ、これ。恋愛ものとしてよくまとまってます」

「じゃあ」

「はい、この原稿はラビリンスでお引き受けします」

「よかった。ありがとう」

「とんでもない。というか、もうすぐ『ノバラとナツオ』のドラマだって放映されるのに、ここで斑木さんの連載を断るなんて馬鹿ですよ。丸川の若い子、後でそうとう上からしぼられたんじゃないですかね」

「さあ、どうだろう」

緑原のことなんて思い出したくもない。肩をすくめて軽くいなすと、片貝は会議室の壁時計を見上げた。

「続きは昼をとりながらにしませんか。近くにいいビストロが出来たんです。ちょっといくつか、詰めておきたいシーンがあるので」

「あ、ぜひ」

片貝と連れ立って会社から十分ほど歩いた先にある路地裏の隠れ家的なビストロに向かう。照明の抑えられた店内は魚介類の焼ける芳しい香りに満たされていた。客がそれほど多くなく、テーブル間の距離が広く取られていて、確かに話しやすそうだ。頻繁に打ち合わせに使っているのか、片貝が名乗るとすぐに奥のテーブルに案内された。

「ん、あれ?」

先を行く片貝が足を止める。見ると、彼は横を通り抜けようとしたテーブルで向かい合う女性の二人組に目を向けていた。友人同士で食事、といった風ではなく、おそらく私たちと同じ仕事関係なのだろう、硬質で改まった雰囲気が二人の間に横たわっている。片貝はおそるおそる、片方の女性に声をかけた。

「あの、すみません、ヤマトテレビの砂川あかねさん……ですよね」

振り向いたのは、初夏だというのにやぼったい灰色のシャツを着た小太りの女だった。全体的に飾り気がなく、黒髪のままざっくりと短く切られた髪は小学生のようだ。年は私と同じか、少し上くらい。砂川と呼ばれた女はきょとんとした顔で片貝を見返し、あーっとすっとんきょうな声を上げて腰を浮かせた。

「片貝さん！　そうか、孔林社ってこの近くですもんね」

「お世話になってます。あ、斑木さんすみません。こちら少し前に担当作がお世話になったヤマトテレビの砂川プロデューサーです。砂川さん、こちら漫画家の斑木アスカ先生」

「あ、『ノバラとナツオ』の！　どうも。作品、拝読しています。砂川です」

笑顔で差し出された砂川の手はひんやりとしていて、握ったこちらの手が沈み込んでいくような不思議な柔らかさを持っていた。

この人が冬馬の、と拍子抜けした気分で砂川を見返す。砂川は、はっきり言って平凡だった。ださい服も、低い物腰も、簡単に笑顔を振りまくところも、それほど自分に自信のない小物の証明に見える。ただ、曲がりなりにもテレビ局のプロデューサー職についているのだ。なんらかの特技はあるのだろう。きゅっとその手を握り返し、表情筋を吊《つ》り上げる。

「どうも、斑木です。いつも、泉《いずみ》からお話をうかがっています」

「いずみ……えっと、どちらの」

「泉冬馬です。劇団『大脱走』の。なんでも、砂川さんにお声かけ頂いたとか」

「……ああ、泉くん！　え、斑木さん、あの子のことご存じなんですか？」

「ああ、私たち一緒に暮らしているんです。泉のこと、よろしくお願いしますね。どんどん鍛えてやって下さい」

　砂川は驚いたように目を丸め、一拍遅れて、はい、とにこやかに頷いた。これで砂川もそうそう冬馬を邪険には扱えないだろう。会釈してテーブルの横を通り抜ける。続いて砂川といくつか言葉を交わし、片貝があとからついてきた。

「斑木さん、砂川さんとなにか？」

「いえ、なんでもないです」

　席に着き、ランチのメニューを開きながら、おすすめはどれですか？　と片貝に笑いかけた。

　打ち合わせを終えて片貝と別れ、地下鉄の階段をリズミカルに駆け下りた。幸福で、幸福で、体がはじけ飛びそうだ。心を許せる本当の家族と、好調な仕事。あとは子供でも産めば、私の人生は祖母も母も届かなかった次元で丸く豊かに完成する。怖いものはすべて去った。欠けたものは、時間とともに足りていく。

ハッピーエンドだ。

これがハッピーエンドだと、真実の杭《くい》を一つ突き立てる気持ちで新作を描いた。私はいつだって、身の回りに起こったことを描いてきた。『ひとり荒野で踊るなら』も『ノバラとナツオ』も。だからハッピーエンドの物語を描くことは、私がすでにハッピーエンドに辿《たど》り着いたなによりの証明になる。波乱の旅はもうおしまい。それからはずっと幸せに暮らしました。ハピリー、エバー、アフター。

風を孕《はら》んだ特急電車が轟音《ごうおん》を上げてホームを駆け抜けた。風圧にあおられ、足が止まる。大きな音が過ぎ去って、一瞬なにも聞こえなくなる。

とん、と雨の始まりのように心臓が弾む。鼓動は次第に加速した。とん、とん、とん、とん。

なにも怖くないはずなのになにかが怖い。

電車が消えた闇を見つめるうちに、顔が歪んだ。

6

病室を訪ねると、片足を天井から吊《つ》られた母はベッドで静かに目を閉じていた。母の寝顔なんて久しぶりで、なんとなく目が離せなくなる。体も顔も一回り縮んで、心なしか気弱そうに見える。普段は気にならないつむじ周りの白髪がやけに目につく。まるで、堀越昌子じゃないみたいだ。よく知らない、軽々しく触れてはいけない、年を取った女性の肉体が無防備に横たわっている。疲れ、衰えていて、優しくしなければ、と反射のように思う。

「寝てるね」

「うん」

「洗濯に行ってくるから、冷蔵庫のドリンクがまだ入ってるか見てくれる？　もしなくなってたら、なにか果物のジュース三本とお茶三本、エレベーターホールの自販機で買って補充しておいて」

「了解」

ひそひそと囁《ささや》き合い、冬馬に小銭を渡す。私は音を立てないよう気をつけて棚から洗濯物を取り出し、違う階に設置された洗濯機の空いた一つに汚れた衣類と洗剤を入れ、コイン投入口に百円を落とす。三十分経ったら取りに来て、次は反対側の壁面に並ぶ乾燥機にかけることになる。ぐるぐると回る衣類を見ているうちに、ウェットティッシュと耳かきを頼まれていたことを思い出し、一階の売店へ向かった。細々としたものを購入し、また洗濯室へ戻り、三分待って、洗い上がった洗濯物を乾燥機に移す。

病室に戻ると、母は目を覚まして冬馬と向き合っていた。楽しい話でもしていたのか、二人の顔に微笑が浮かんでいる。おかえり、と冬馬が言って、母もまだ少し眠そうにまばたきをしながらこちらを向いた。

「あんたねえ、もういい年なんだからせめて寝癖ぐらい直しなさいよ。恥ずかしい」

「あーもう、ほっといてよ」

ぱっ、ぱっ、と耳の横で跳ねた一房を撫《な》でつける。週二回の見舞いの時間を捻出《ねんしゅつ》するため、最近はだいぶ無理をしている。昨日も午前四時までカットを描き続け、四時間だけ眠るつもりが寝過ごして、朝から冬馬に当たってしまった。

「何度も言ってるけどさあ、日中に電話かけられたって出られないから。用事があるなら来たときに済ませてよ」

もともと話し好きの母は怪我をして急に気が弱くなったようで、朝に夜にと電話をかけてくるようになった。あれが食べたい、これが足りない、あの番組を録画しておいて、退屈だ、などなど内容はほとんどないに等しい。もっと切迫した話なら対応しようとも思うけど、締め切り間際のピークタイムに「誰々さんに御中元を贈っておいて。誰々さんは前の会社でよくしてくれた人でね、食べものの好みは」なんて話をされても正直頭に入らない。

「出られないってことないでしょう。あんた、家で一人でいるんだから。いいよ、急いでないから気がついたときにかけ直して」

「とにかく締め切り前は無ー理ーなーのー。いつも私じゃなくて、たまにはお兄ちゃんを呼び出してよ」

「無理だよ、鷹光は忙しいんだから。今年からプロジェクトリーダーを二つかけ持ちして、毎日終電で帰ってるってよ」

仕事をやりくりして手助けしているのは私なのに、なんで兄の方が大変だと思われているのだろう。

「勘弁してよ。私だって仕事と、屋敷の整理と、お見舞いと、ぜんぶやってるんだから。ちょっとはお兄ちゃんにも手伝わせて」

「あのねえ、鷹光は朝から晩まで拘束されて、さらに家に帰ったら乳幼児と、臨月のお嫁さんまでいるのよ？　気安くこっちに引っ張り出してたら蓉子さんに恨まれちゃうわよ。あんたなんて、好きなことばかりしてる気楽な身なんだから、自分だけ大変なつもりになっちゃだめよ」

離婚後、長く保険会社に勤めていた母は、ずっと家にいるフリーランスの仕事がどんなものか想像が出来ないようで、編み物やお絵かきといった趣味の延長の、自由で気楽なものだと考えている節があった。もしかしたら、自分が実家にいた頃にアルバイト感覚で行っていた、週三回のピアノ講師の仕事と引きつけてとらえているのかもしれない。

ふわっと込み上げた苛立《いらだ》ちを、冬馬が横にいるんだからと抑え込む。最近はなんだか沸点が低い。いつも体のどこかに、埋《うず》み火のように小さな怒りが燃えている。

とにかく、と強い口調で会話を畳もうとした瞬間、ずっと黙っていた冬馬が口を挟んだ。

「あの、急な用事の時は俺が来ましょうか。稽古《けいこ》場《ば》がすぐ近くなんです。稽古がない日でも、明日香さんよりは動きやすいし」

「ええ、そんな。冬馬くんに洗濯なんかさせられないよ」

「ここ、コインランドリーですよね。あんま見ないようにして、どさっと放り込んで、どさっと持って帰ってくるんで。それ以外でも、なんか欲しいもんがあったら稽古の前に持ってきますよ」

朗らかに言って、冬馬はズボンのポケットからスマホを取り出した。私は少し意外だった。冬馬が、こんなに私の母親への親しみを見せるなんて。それは母も同じだったようで、戸惑い混じりに冬馬を見つめ返した。一拍を置いて、笑顔を見せる。

「じゃあ……お願いしようかな。うん、困ったときに相談できる連絡先は一つでも多い方が安心だものね」

何度か頷《うなず》き、母もスマホを取り出した。赤外線通信で連絡先を交換する。

見舞いを終えて駐車場の車に戻り、どういうつもり？　と聞いた。

ん？　と運転席の冬馬は子供のように聞き返す。

「お母さんのお見舞いくるってこと。なんで？」

「ああ。——え、わかんないの？」

「うん」

「あなたが困ってるからでしょうが。ここんとこずっと忙しくてピリピリしてたし。分担したら、少しは楽になるだろ？」

言われて、なぜだか、ぽかんとした。親切だ、とまず思う。嬉《うれ》しいな、とあとからにじむ。そしてその喜びに、奇妙な失望が混ざっている。肩すかしをされたような、なんだろうこれは。助けられたのに落ち着かない。もっとわかりやすい方がいい。私が、ただただ冬馬を助け続ける、そんな構図がいい。

「あと、家具貸してくれるって言っただろ。その、お礼」

「ああ、そっか」

そういえば先日、冬馬が所属する劇団の次回公演のセットとして、屋敷の家具や小道具を貸して欲しいと頼まれた。一瞬めんどうだなと思ったものの、冬馬がそれで助かるならと了解した。それならいい、とぼんやり思う。お礼ならまだ、受け取れる。

扉を開けた瞬間、わあ、と花のつぼみがほころぶような柔らかい歓声が広がった。どうぞ、と促すよりも先に、十人ほどの若者たちは玄関ホールに散らばり、思い思いに物色を始める。

「このランプ素敵」

「ああ、柄物のファブリックを背景に広げると一気にそれっぽくなりそう」

「椅子、ぜったい必要でしょ椅子。刺繍《ししゅう》カバー最高」

少し遅れて、冬馬と演出家の俵さんが屋敷に入ってきた。

「斑木さんありがとう。助かっちゃった」

劇団「大脱走」のすべての脚本を書いている俵さんは、いつも中折れ帽を頭に載せた洒落《しゃれ》っ気の強い五十代の紳士だ。商業演劇の演出を多く手がける他、いくつかの大学で演劇論や文化論の教鞭《きょうべん》を執っている。アニメや漫画にも造詣《ぞうけい》が深く、大手雑誌にサブカル系のコラムを連載していて、私の作品も何度か取り上げてくれた。冬馬をアステル役に起用したのも彼で、『ひとり荒野で踊るなら』の舞台化以来の付き合いだ。

「十八世紀のオーストリアを想像させてくれる家具なんて滅多になくてさ。あったとしても、借りるだけでも目の玉が飛び出るほど高いから。うちみたいな小劇団じゃとてもとても」

「お役に立てて良かったです」

冬馬は他の劇団員とセットの相談をしながら必要な小物を集めていく。私と俵さんは少し離れたソファに腰を下ろし、彼らの作業を見守った。

「冬馬、調子どうですか」

「泉くん、相変わらずいいよー。ざらざらしてる」

「ざらざらですか」

「人を落ち着かなくさせる演技がうまいよねえ。天才とか怪物とか、人間じゃないのに人間のふりしてるヤツとか、そういうちょっと気持ち悪いのがすごくうまい。今回のモーツァルトも当たり役だと思うよ。原作の『アマデウス』から最後の展開をちょっと変えてね、サリエリとモーツァルトの交友を深めるんだ。サリエリはモーツァルトと世間をつなぐ架け橋となることに自虐的な喜びを見《み》出《いだ》す。彼らは成功し、だけどモーツァルトは、この世に誰ひとりとして自分と比肩する音楽家がいないことに失望を募らせていく。現代に生きるあらゆる音楽家は僕からインスピレーションをもぎ取っていくのに、僕を楽しませてくれる音楽家は誰もいない、ってね。しかしそれを、恩義のあるサリエリには口に出来ない。音楽に対しては決して口を濁すことのなかった雄弁で破廉恥な神の愛《いと》し子が、サリエリのくそつまらない音楽を批評できなくなる。そうするうちに、彼の中で泉のように湧き出ていた神の音楽が枯渇する」

「愛の始まりですね」

「愛は神すら堕落させる。いいテーマだろ」

俵さんは得意げに言って短く整えた口ひげをこする。相変わらず、夢も希望もない話が大好きな人だ。だからこそ『荒野』を舞台化してくれたのだろうが。

「俵さんはもっと、観ててわっと楽しくなるような舞台を作りたくなることはないんですか」

「そういうのは得意な人がやればいいのさ。僕の芝居は、活力にはならない。むしろ観ると疲れる。だけど幸せじゃないまま生きていく人の、一定期間の併走者にはなる。そういうものが好きなんだ」

そこまで言って、俵さんは少し不思議そうに私の顔を覗《のぞ》き見た。

「それこそ、そういった作品は斑木さんの得意分野だろう。どうしたの。わっと楽しくなるようなものが作りたくなった？」

「いえ、そういうわけじゃないんですけど」

眉間《みけん》に薄くしわが寄るのは、緑原の言葉を思い出したからだ。運命の人に会えたから幸せになれるという結論は、置いて行かれた気分になる。古くからのファンだという彼女を、私は一体どこに置いてきたのだろう。

「斑木先生、台所用品もお借りしていいですか？」

よく通る声を張り上げて、溌剌《はつらつ》とした若い女がキッチンから顔を出す。私は思考を打ち切り、腰を浮かせた。

「ああ、うん、もちろん。どんなのが欲しいの？」

「棚に、なにか遠目からでもわかりやすい金属製のティーセットを飾りたくて……」

　まだ十代の後半だろう彼女は、ステンドグラスの入った扉も、重厚な樫《かし》のテーブルも、鳥の形をしたガラス製の水差しも、なにもかもを眩《まぶ》しいくらいの素直さですごいすごいと褒めそやした。

「ディズニーのお姫さまのお屋敷って感じ。いいなあ、こんなところに生まれたかったなあ」

　こういう声を聞くたびみぞおちの辺りが重くなるのは、あふれるほどの物品を与えられてもなお、なにかに飢えている自分が恥知らずな欠陥品に思えてくるからだ。正しくなくて、欠けていて、あの人たちは本当はいい人たちなのに筋違いに憎んでいる。間違っているのは私だけ。そんな恐ろしくも安心する考えが泡のように浮かび、ふつりと溶ける。

「家具とかはちょっと困るけど、もし欲しいものがあったら相談してね。売る当てがなくて処分するだけってものも結構あるの。だから」

「えー！　本当ですか！　ええっ、どうしよう」

「とりあえず、先に舞台で使うものだけ集めちゃおう。ね？」

　興奮する彼女をなだめ、要望に添ったティーセットを食器棚から取り出す。途中で「これが欲しいです」とおそるおそる差し出されたのは、御中元かなにかでもらったのだろう未使用の花柄プリントのホーロー鍋《なべ》で、彼女の欲望の小ささに思わず口がほころんだ。どうぞどうぞと促すと、名前も知らない女の子はぱっと頬を薔薇《ばら》色に輝かせた。

それから私は他の劇団員にも欲しいものがあったらと声をかけ、いくつかの食器だったり小物だったりを求められるまま、気前よく彼らに差し出した。ライター、香水瓶、小さな仮面の飾り物、ガラスの器。若い子たちは色々なものを珍しがり、屈託なくそれらに手を伸ばした。俵さんまでもが部屋の隅で埃《ほこり》をかぶっていた古いキッチンワゴンを欲しがって、それは後日配送することにした。

ソファと、テーブルと、棚と、刺繍カバーのついた椅子と、いくつかのファブリックやランプ、ティーセットを丁寧に梱包《こんぼう》し、劇団員たちはそれを手分けして軽トラの荷台に積み込んでいく。

「それじゃあ、またあとで」

作業を終え、冬馬はまくっていた袖《そで》を戻しながらあっさりと言った。みんなの前では恥ずかしいのか、あまり絡んでこない。それが少し面白くなくて声をかけた。

「夕方のお店わかってるよね？　ちゃんと綺麗《きれい》な服に着替えてから来るんだよ」

「わかってるって」

今日は夕方から、『ノバラとナツオ』のドラマ関係者との食事会が予定されている。そこに、冬馬も同行することになっている。ふて腐れた小学生のようにそっぽを向いて、冬馬は他の劇団員たちと一緒に屋敷を出て行った。私は俵さんと雑談しながら屋敷の門まで付き合った。トラックと、もう一台の乗用車に分かれて稽古場に向かう彼らを見送る。

　ふと、屋敷の前の道路で立ち止まり、こちらを見ている女に気づいた。麻っぽいさらりとした生地のワンピースを着て、頭には日差し避けのカンカン帽を載せている。どこか眠たげな、甘い顔立ち。

「妃美子さん」

　有沢妃美子は私と目を合わせ、門の近くへやって来た。

「なにか用？」

「ううん、郵便局に行こうとして通りかかっただけ」

　平日の日中に出歩いているということは、仕事をしていないのだろうか。思うのと同時に、妃美子は続けた。

「今日は休みだから」

「なんの仕事してるの？」

「駅前のスナック」

　こちらから聞いたくせに、ふうん、としか言うことがない。妃美子もなんということもない顔で私を見返し、ふっと屋敷に目を向けた。

「賑《にぎ》やかね」

「ここの家具をお芝居の道具に使いたいって人たちが来ていたんです」

「……へえ、そんなこと考えもしなかった」

声にはじわりと驚きがにじんでいる。その感情は、私がこの家具の貸し出しで感じたものと、とても近いように思う。

「……入る？」

門に手をかけると、妃美子は怪《け》訝《げん》そうに眉《まゆ》をひそめた。

「私は入っちゃダメなんじゃなかったの？」

「父の遺言には、私以外の家族は屋敷に入れるなって書いてあったの」

「ふーん……。変な話」

「あなたは今でも父の家族なの？」

聞き返すと、妃美子は少し間を置いた。カンカン帽が作る薄い影の中、大きな目がゆっくりとまばたきをする。

「いいえ、とっくに家族じゃないわ」

「じゃあ、どうぞ」

半開きの門扉を手前に引いて、中へと招く。妃美子はもう一度屋敷を見上げ、敷地に足を踏み入れた。

玄関ホールを、キッチンを、寝室を、サンルームを、診察室を、妃美子はゆるゆると見て回った。

「ずいぶんさっぱり」

「捨てられるものは捨てたし、売りに出したものもあるから」

「ふーん」

「あなたがいた頃、家はちらかってた？」

「うーん、どうだったかな」

ぼんやりと呟《つぶや》き、妃美子は一階のリビングの椅子に腰を下ろした。

「なにか欲しいものがあったら言って」

ちらりと私を見上げ、彼女は緩慢に部屋を見回した。

「いい、なにもいらない」

「……遠慮とか」

「本当にいらないの。今さら、めんどくさいよ」

「じゃあ、なんでわざわざ」

「私たちがいなくなったあと、どうなったんだろうって思っただけ。怖いものみたさ？みたいな。でも、見たってよくわかんないね。片付いてるし」

「私がこの家に入ったときは、散らかってたけど、台所も使われてたし洗濯物も干してあったし、普通に暮らしてた感じだった」

「そう」

　よかった、と妃美子は考える様子もなく口にする。重くも軽くもない、なんの色もついていないシンプルな声で。

まるで、本当の家族みたいだ。

「……あなたと私のお父さんは、仲が良かったんだね」

「そんなことないよ」

「前は気をつかってくれたんでしょう。わかるよ」

妃美子は黙り、私はしゃべり続ける。

「私は……というか、私たち家族はあの人とうまくいかなかったから。あなたがお父さんとうまくやれたっていうのが、すごく不思議。あなたにも乱暴だったんでしょう？それなのに、なんであなたは許せたの？」

「許すもなにも……」

口ごもり、妃美子は肩をすくめる。

「男の人ってそういうところあるじゃない。おっきな子供みたいな」

私は父親を子供だなんて思ったことはない。ピンとこないまま顔を傾けると、妃美子は考え考え続けた。

「それに、あの人も気の毒な人なんでしょう？」

「気の毒？」

「自分で言ってたよ。俺は親に愛されなかったって。そういう人なら、しょうがないんじゃない？」

「……それは」

それではまるで、愛された体験のない人には愛する能力がないみたいだ。妃美子は度量の広さすら感じる温かな声で続けた。

「お店のお客さんにもけっこういるのよ。なんていうか、子供で、怒鳴ればいいと思ってる人。まあ、そういうのはね、こっちがうまく操縦すれば丸くなるから。機嫌のいいときは三人で食事に行ったり、佳蓮の宿題を見てくれたり……うん、本当は優しい人だったと思うよ。ただ、育ちのせいで不安定だっただけで」

「そう……」

私の母は、気の毒な人を追い詰めて余計に暴れさせていたのだろうか。情のない人、とよく祖母はこれみよがしにため息をついていた。ひとつの舟に船頭は何人も要らないんだよ、どうしてそれがわからないかね。

母と妃美子と、どちらが正しいかなんてわからない。ただ一つわかるのは、父は、とても正しく、次の伴侶《はんりょ》には自分を許してくれる女を選んでいたということだ。

「……あれ、じゃあ、どうしてここを出て行ったの？」

返事には少し間が空いた。

「ちょっと、佳蓮がね」

「娘さんが？」

「佳蓮は、私たちに結婚してもらいたかったのよ」

話の方向がよくわからない。妃美子はわずかに顔をしかめ、言いにくそうに続けた。

「でも、その頃にも私はお店で働いてたし、ここはこういう家でしょう？　元々の奥さんは議員の娘さんだっていうじゃない。あの人だって、私と結婚したら亡くなったご両親に顔向けできないよ。初めから無理だってわかってたから、私はそんなの望んでなかった。けど、佳蓮はそれが理解できなくて……」

「……え、あなたが夜の店で働いていたから、家に合わなくて結婚できないって言ったの？　お父さんが？」

「まあ、そんなはっきりとは言わなかったけど、ね。仕方ないよ。世間知らずのお坊ちゃんに、そんなこと求める方が間違ってるわ」

わからない。やっぱりわからなかった。父は気の毒な人だったのかもしれない。なつかしく胸が温まる記憶もある。優しいところだってあったのだろう。だけど彼の話を聞くたび、どうしても受け入れられない思考の一流れが浮き彫りになる。

そしてその一流れを、眉をひそめながらもどこかで許しているこの女のことも、よくわからない。

「本当は優しい人が、こんな風にあなたや私を傷つけるかな。優しいって……こんなどうしようもないことでは、人を傷つけないってことなんじゃないのかな」

妃美子は意味がわからないといった様子でまばたきをした。私も、うまく伝えることが出来ない。

　十分ほどの滞在で気が済んだらしく、もう行くね、と妃美子は玄関ホールに向かった。

「片付けが終わったら、この屋敷はどうするの？」

「売れるものは売って、綺麗にしたら誰かに貸そうかなって思うんだけど、まだはっきりとは決めてない」

「ふーん……」

薄暗いホールの中央に立ち、百合《ゆり》の花束に似た照明を見上げていた妃美子は、唐突にこちらを振り返った。

「あなたは恵まれている」

なにが言いたいのかわからない。嫌味か、それとも責めているのか。沈黙で返すと、妃美子は少し考えて続けた。

「あの人も恵まれていた」

「……だから？」

「恵まれているのに、幸せじゃないのね。きっとお金っていうのはあれば幸せになれるわけじゃなくて、それを使う才能みたいなものが必要なのね」

妃美子は淡々と私の顔を見つめ、じゃあね、と片手を上げて屋敷を出て行った。

寝室と子供部屋の片付けに集中していたら、あやうく待ち合わせに遅れるところだった。慌ててタクシーを呼び、駅へ向かう。

新宿駅にほど近いカフェに入り、冬馬の姿を見た瞬間、全身からへなへなと力が抜けた。これから自分を売り込みに行く貴重な夕食会に参加するというのに、どうしてこの子は貧乏学生が着るようなファストファッションのTシャツにカーゴパンツなんか合わせているのだろう。

「綺麗な格好してきてって言ったじゃない！」

「え、ちゃんとこれ、一回家に戻っておろしたばっかの服に着替えて」

「ああもう、そうじゃないから！　なんでこんなこともわかんないの！」

追い立てるようにして近くの百貨店へ向かう。清潔感のある白い襟付きシャツにダークグレイのトラウザーパンツを合わせ、明るいベージュのジャケットを重ねる。ジャケットとトーンをそろえたキャメルの革靴まで、すべて揃えて七万円だった。馬鹿みたいな臨時出費だ。食事会が開かれるホテルの鉄板焼きレストランに移動しながら、私は七万円分の罵倒《ばとう》を冬馬に浴びせた。

「ジャケットもシャツもパンツも、いいやつ買ってあげたじゃない！　なんでこういうときに着てこないの！」

「ただの食事会だって聞いたから、そんなカッコで来たら浮くかと思って……」

「馬鹿！　浮く浮かないじゃなくて、向こうがどれだけカジュアルでも一番立場の低いあんたは堅い格好で来るの！　それがマナーなの！」

本当にこの子はものを知らない。教養がなく、苦労知らずの世間知らずで、演劇ぐらいしか能がない。その演劇すら私を頼ってやっと継続しているのだからどうしようもない。

待ち合わせに五分遅れて目的のレストランに着いた。黒服のウェイターに案内され、牛脂がてらりと輝く鉄板でパプリカを炒《いた》めるコックを横目に、御簾《みす》で仕切られた個室へ向かう。他の参加者はすでにそろっていた。すみません、と謝りながら席に着く。プロデューサー、脚本家、テレビ局のスタッフの他、出版社からも編集者や営業が列席している。簡単な自己紹介のあと、クリームのように固めの泡が立ったビールで乾杯した。映像化を祝し、脚本について大小の調整をしてもらったことについて礼を述べ、今後のスケジュールを確認する。話題は『ノバラとナツオ』に留《とど》まらず様々な分野へ及んだ。現在放映中のドラマについて、私の最近の仕事について、運ばれてきた料理について。けっして、堅苦しい会合ではなかった。初めて顔を合わせた人も多い割にアットホームな雰囲気で、あまり盛り上がらなかった話題でもフォローしようという気遣いに満ちていた。キャストの話題から、劇団関連の発言が出ることも多々あった。

それなのに冬馬はまるで飼い葉を与えられたうさぎのようにもくもくと口を動かすだけで、初めの挨拶《あいさつ》以降は一言も口をきかなかった。

会も半ばを過ぎた頃、冬馬がトイレに立った。ワインで顔を赤くした壮年の男性プロデューサーが、個室の出入り口をひらりと指先で示す。

「斑木さんの……えっと、ごめんね。名前なんだっけ」

「あ、はい、今は私が面倒をみていて。泉冬馬と言います。どうぞよろしくお願いしますね」

「彼、シャイなの？」

「すみませんほんと。やっぱり第一線で活躍してる方々ばかりなので、緊張してるんだと思います」

フォローを入れながら、情けない、と胸が濁る。これでは、彼を紹介する私まで愚鈍に思われる。元来冬馬は口達者で人見知りをしない。それなのにいざチャンスを目の前にしたら、こんな風に尻込《しりご》みするタイプだったなんて。

「泉冬馬くん、うちの砂川から名前を聞いたことがあるよ。知ってるかな、砂川あかね。今はBSの二時間ドラマとか作ってるんだけどね。なんでも彼をグループ傘下の養成学校に入れようとしてるみたいで」

初耳だ。でも、いい話かもしれない。砂川はちゃんと私の「よろしく」を聞いてくれたのだろう。頷いていると、人なつこいアライグマのような顔をした、そのくせ老獪《ろうかい》で油断のならないプロデューサーはテーブルに頬杖《ほおづえ》をつき、井戸でも覗くように私の目を覗いた。

「それで、あの子はどうなの？　持ってるの？」

聞かれて一瞬、頭の中に空白が出来た。

アステル。そう、あの子はあの素晴らしいアステルだ。それに、俵さんも言っていた。

「あ、はい、私の『ひとり荒野で踊るなら』のアステルを演じて、ものすごく印象に残ったんです。今は『大脱走』っていう俵藪彦《やぶひこ》さんの劇団に所属しているんですが、天才とか、悪人とか、人間のふりをしている怪物とか、そういう観ていてざわざわする役柄がすごく上手《うま》くて」

「俵さんって、あのコラムとか書いてる人？　へええ、劇団持ってたんだ」

「はい。そうだ、私、確か次回公演のフライヤーを頂いてて……」

なめらかに、反射のように会話を続けながら、私は自分が今まで一度たりとも、冬馬の演劇の資質について考えなかったことに驚いていた。私は成功している。優秀だった祖父の資質を受け継ぎ、きちんと結果を出している。だから、私と対になる冬馬もそうあるべきだ。そうシンプルに思うばかりで、彼の実力や才能や天分について真剣に検討したことがなかった。

いや、でも、才能はあるんじゃないだろうか。そうじゃなきゃ私を魅了するアステルなんて出来ないはずだ。俵さんも砂川さんもあの子を認めている。考えている間にテーブルの話題は移っていき、冬馬が席に戻ってきた。浅く会釈をして、展開される会話に入ることなく、うつむきがちにウーロン茶を飲んでいる。ああやっぱり頼りない。才能があってもなくても、これじゃあ上っていけない。色々教えないと。思いつつ、笑顔でグラスを傾ける。

散会後、手配されたタクシーに乗り込んでさっそく注意した。もっと話さなきゃ覚えてもらえない、どういう縁で仕事が来るかわからないんだから得意なことや興味のあることをアピールしなくてどうする、そもそも社会人としてあの消極的な態度は最悪だ。

「ねえ、聞いてるの？」

冬馬はずっと苦いものでも噛《か》んだように顔をしかめている。強く促して、ようやく渋々と口を開いた。

「あの人たちは……明日香の仕事の関係者だろ。だから、あくまで俺はあんたの身内としてドラマ化をお祝いするためにあの場にいるはずで、売り込みとかガツガツするの変だろ。フェアじゃないって言うか」

「フェア？　誰に対してのフェア？」

「いや、だから……俺が実力であの席に招かれたならともかく、そうじゃないんだから。一足飛びに、あんなテレビ局の人たちと一緒に飯食うこと自体、ちょっと変っていうか」

「そうだよ。せっかくそんな貴重なチャンスをあげたのになんで生かさないの。仕事は自分で取ってくるものだって意識ないよね？　そんな無意味なプライド持ってるからずっとブレイクできないってわかってる？」

「……明日香の家族にはなっても、おまけにはなりたくない」

思わず鼻で笑った。

「誰だって初めは誰かのおまけで、あの人が推薦してるからとか、あの人がデビューさせたからとか、そういうことを足がかりにして業界に入っていくんじゃない。まさか、ある日いきなり大手プロダクションからスカウトされて、君みたいな人を探してたんだって上げ膳《ぜん》据え膳で大歓迎されるシンデレラストーリーじゃないと嫌、なんて寝ぼけたこと言わないよね？　もっと地道に一つ一つ、頭を下げて、交渉して、品定めされながら仕事を受けていくっていう現実を早く受け入れなよ。あんた、一体いくつになったの」

「もちろん。もちろん、そんなことわかってるけど」

車窓を流れる夜の町を眺めていた冬馬が、唐突にこちらを向いた。対向車線のヘッドライトに照らされた頬が眩しく光る。

「明日香は俺がまったくの他人でも、今日の席に連れて行こうと思った？　俺のこと本当に信じてる？」

「なに馬鹿なこと言ってるの。家族だから助けるんじゃない。私を利用するなんて、他の誰にも許さないよ」

冬馬が目を丸くする。私も、自分の口から何気なく滑り出た言葉に驚いた。そうだ、利用して欲しい。便利に使って欲しい。そしてほんの少しだけ、感謝してくれたら十分だ。

「それが愛じゃないの？」

続く言葉を失い、呆然《ぼうぜん》と暗い座席で見つめ合う。強い光が、窓から差し込む。

先に目をそらしたのは冬馬の方だった。

7

ここ数日、音のない柔らかな雨が降り続けている。ただでさえ採光の乏しい屋敷は真昼でも薄い闇が立ちこめるようになった。照明をつけても、なお暗い。型の古い電球を使っているのかもしれない。

「屋根裏、置いてきたよ。窓際に並べといた。とりあえずまだカビは大丈夫そう」

「ありがとう」

炭の粉で手を黒くした冬馬に礼を言う。住人のいない家はどうしても空気が澱《よど》む。湿気対策として、木炭を詰めた布袋を押し入れや屋根裏などに置いて回った。焼け石に水かもしれないが、やらないよりはマシだろう。

「今後どんな使い方をするか分からないからね。出来ることはやっておこう」

自分で言いながら、ぼやけた展望だと思う。私は未《いま》だに片付けを終えた後の屋敷の使い方について、結論を出せていなかった。個人に貸し出す、法人に貸し出す、テナントを入れる、アトリエにする等の検討は行っているのだけど、どれもいまいちピンとこない。ただ、空っぽにしてはいけないと思う。なにかしらの役割を作り、人を通わせ、屋敷を生かし続けなければならない。空洞になった屋敷はきっと私たちを責める。私と、父を。

午前中は前に分別したゴミを清掃工場に車で運び、午後は半端に手をつけて後回しにしていた診察室を片付ける。カルテ以外の書類を捨て、棚に詰め込まれた雑多な薬品や器具を分別しながら、時々ふっと片付けの手が止まった。頭をよぎるのは、祖父母のことだ。

彼らが生きていたら、この相続についてなにを思うだろう。数日前、自分の口からするりと飛び出た愛の在り方を思い出す。彼らが私を愛しているなら、お前の好きにしなさい、この屋敷をいくらでも便利に使いなさい、と草葉の陰で後押ししてくれるのだろうか。つらつらと思い、むなしさに口が笑った。そんな人たちではなかった。祖父も、祖母も、自分たちが築いた錦野医院が永遠に続いていくことをとても無邪気に、疑うことすらせずに願っていた。

つまりあの時私が口にしたのは、限りなく純化された非現実的な愛だ。自分が培ったキャリアを未熟な恋人に利用させること。冬馬が躓《つまず》けば、私にだって影響が出る。だけどそんな献身的な愛し方が出来る自分が、少し誇らしくもある。

冬馬はなにか思うところでもあったのか、最近はずいぶん大人しい。淡々と稽古《けいこ》をし、勉強会に出席し、家事をして屋敷を片付けている。私に対して口答えをすることが減った。自分の将来について、少しは地に足をつけて考え始めたのだろう。

ビィイイイ、と耳障りなチャイムが鳴る。作業の手を止め、私は傘を片手に、霧雨を掻《か》き分けるようにして門に向かった。

母に聞いていた企業名を告げて訪ねてきた若い男は、今までの業者の中で一番きちんとスーツを着て、一番丁寧な言葉で喋《しゃべ》り、一時間かけてすべての部屋を見回り、棚や引き出しを開けて細かくチェックを行ったあと、もう片付けの終わった一階のリビングで、これまでで一番高い査定額を提示した。

「四百万……」

「はい。これまでの査定は家具のみのケースが多かったそうですが、こちらは小物や食器、ファブリックまで含めた金額です。特に食器類に、いまだ人気のあるブランドで市場価格の高い商品がいくつか見られました。こちらから作業料金として三十万円を頂き、最終的なお支払い金額は三百七十万円になります。いくつかの家具や小物は値段がつかなかったので、こちらで処分するか残すか等、追ってご相談という形になります」

すごい、と思わず呟《つぶや》いて、私は嬉《うれ》しい数字がずらずらと並ぶ手書きの明細を呆然《ぼうぜん》と眺めた。なんの文句もない。これである程度、貯金を崩さずに相続税を支払う見通しも立った。横で話を聞いていた冬馬が、ふと我に返った様子で片手を上げた。

「あの、二階のピアノの鍵《かぎ》がまだ見つかってないんですけど」

「それもこちらでお探しします。万が一鍵が見つからなくても、新しい鍵を作製する代金等を請求することはありません」

「マジですか」

嬉しそうに頬を緩め、冬馬は私に笑いかけた。そんな屈託のない彼の顔を久しぶりに見た気がして、思わず見とれた。

なんにせよ、すごくいい話だ。冬馬も肩の荷が下りるだろう。これで演劇に専念できる。母も喜ぶに違いない。自分の仲介が娘のためになるのだから。

私がただ一度頷くだけで、すべてがスムーズに流れ出す。

「……少し、考えさせて下さい」

「え、マジで？」

冬馬が素《す》っ頓狂《とんきょう》な声を上げる。業者の男もそれまでの落ち着いた佇《たたず》まいを崩して目を見張った。

「作業料金も、社長と縁故のある方と伺って、だいぶ抑えさせて頂いたのですが」

「すみません……ほんとに、すごく良くしてもらって嬉しいんですが……まだ迷ってるっていうか」

ぜんぶ売ってしまっていいのか、踏ん切りがつかない。もしかしたらもっといい決着があるのかもしれない。そう、たとえば。

「あの、ピアノを売らなかったら、いくらになりますか？」

「二階のアップライトピアノをお手元に残した場合、ということでしょうか」

「はい」

「それでしたら、総額で二百七十五万円。作業料金を引いて、二百四十五万円です」

「え、ピアノ売らないの？　なんで？」

「……やっぱり、待ってもらっていいですか。ちょっとまだ、決められなくて」

「わかりました。時期によっては、先ほどご提示した作業料金では承れない場合もありますが、よろしいでしょうか」

「はい、それで大丈夫です」

この場にもう用はないとばかりに業者の男は手早く荷物をまとめ、明細と名刺を残して屋敷から出て行った。

沈黙のあと、そばの椅子に冬馬が雑な仕草で腰を下ろした。

「……なんで？」

私は黙ったまま、彼のひたいのあたりをぼんやりと眺めた。

「説明もしてもらえないわけ」

「そうじゃないけど……」

めんどくさい。私が、私の持ち物を采配《さいはい》するのに、誰かに説明する必要なんかないと思う。

「ピアノ、どうすんの」

「……うちに運ぼうかなって。いいものだし、私が楽しんで弾くなら、それに越したことはないでしょう？」

　そうしたら、きっと父も祖父母も喜ぶだろう。

「はあ？」

　いやな感じに語尾を上げて、冬馬は大げさなため息をついた。

「見てくればっか立派で、居心地の悪い家なんじゃなかったの。前から思ってたんだけど、嫌な思い出が多いなら、なんでわざわざ関わろうとするんだよ……もうさあ、やめよう？」

「え？」

「ここの掃除。自覚してんのかどうかわかんないけど、明日香、実家に関われば関わるほど情緒不安定になっていく。いい加減、業者に任せて手を引こう。ピアノもいやだ。あれを弾き始めてから、どんどん話がおかしくなっていく。もとの……穏やかな明日香に、戻ってよ」

　最後の一言は、どこか弱々しい響きを持っていた。私は呆然と、悲しげに唇を結んだ男の子を眺めた。言われた内容を反芻《はんすう》する。三秒経って、五秒経って。

　ぐらりと湧き上がったのは、怒りだった。

「なに言ってんの？　ねえ、なに言ってんの？　情緒不安定って……私がどんな風に生きてきたか、あんたもう知ってるでしょう！　情緒不安定になってるんじゃない、これが本当の私なの。今まではずっと誰にも見せないで、がんばってやり過ごしてきたの！」

やっと、やっと、積もった苦しみをさらけ出せる相手に出会ったのに、胸が真っ黒に塗り潰《つぶ》された気分だった。冬馬はいつも私を失望させる。

「なんでそんなひどいことが言えるの……おかしいよ。ねえ、私はいつだって冬馬の味方なのに、あんたは自分のことばかり考えてる」

「……そういうつもりで言ったんじゃない。ただ……」

ただ、ともう一度呟いて、それきり冬馬は口をつぐんだ。うなだれる彼のつむじを見ながら、また湯が煮立つように怒りが弾む。傷ついたのは私だ。それなのにどうしてお前の方が被害者のような顔をしている。

「ただ？　ねえ、なんで黙るの。黙ってればなんとかなると思ってるんでしょう」

冬馬は答えず、いやそうに片手でこめかみを押さえた。ちゃんと聞け、と怒鳴りつける。男のように野太い声が出た。

「とにかく、業者には任せない。一括で売り払うなんて、結局は安く買い叩《たた》かれるって決まってるんだから」

「……そう」

たった一言の相づちすら癇《かん》に障る。この屋敷で得たお金を冬馬もまた使っていくのに。習慣めいたなめらかさで、するりと思考が動いた。この子が関わらざるを得ないこと、逃げられないことを探す。

「養成学校に行くのだってお金がかかるんだから。ちゃんと手伝ってよ」

「え、なんで知ってるの」

「テレビ局の人に聞いたの。砂川さん、色々なところで冬馬のこと話してるみたいね。あんたのこと、養成学校に入れようとしてくれてるんでしょう？」

「あ……ああ、そうみたい。最近じゃ、舞台の稽古も見に来て、色々アドバイスくれてさ」

　血の気の引いた冬馬の顔に、ふっと暖かな色が差した。笑っている。砂川さんに世話を焼かれて、無邪気に喜んでいる。

　数秒前までの憎しみがぱっと消え失《う》せ、かわいい、好きだ、大好きだ、と泉が湧くように思った。同棲《どうせい》する前はご飯をおごったり服を買ったり旅行に連れ出すだけですぐにこの顔を見られたのに、最近はなにもかもが当たり前になってしまって、冬馬はもう同じことをしてもさほど喜びを表さなくなった。そうか、仕事関係のサポートは今でも喜んでくれるのか。よかった、と私の頬までゆるんでいく。

「そう、砂川さんに、冬馬をよろしくって言っておいたの。ちゃんと面倒見てくれてるのね。今度お礼を言っておかなきゃ」

「……へ？　なんで明日香が砂川さんに？　会ったの？」

　まるでおにぎりを包むアルミホイルまで一緒に嚙《か》んでしまったときのような、ぎこちなく硬い顔をした。どうしてそんな顔をするのかわからず、うん、と頷《うなず》き返す。

「仕事先でたまたまね」

なにかを言いかけた冬馬が、途中で口をつぐむ。それからはなにを話しかけても上の空で、ろくに返事もしなかった。

二週間ぶりに訪れた病室に、母の姿はなかった。あれ、と思って病室の周囲を見て回ると、車椅子に乗った母が看護師に押されて長い廊下を戻ってくるのが見えた。来たよ、と片手を上げて迎える。

「診察？」

「うん」

「どうよ、調子」

「うーん。なんか、骨がくっつくのが遅いみたい。いやになっちゃう。リハビリもあるし、退院までまだしばらくかかるって」

若い看護師は手際よく母の体を抱きかかえて寝台に移していく。二回りは年が離れているだろうに、堀越さんもう少ししたらおやつ持ってくるね、とまるで友人のように話しかけ、母も、ありがとう、と当たり前のように頷いた。

「午前中に冬馬くんも来てくれたのよ」

「あれ？　そうだったの？」

「稽古場に行く途中の八百屋さんでおいしそうな桃を見つけたからって届けてくれたの。ほんとあの子いいこねえ。性質がいいし、なにより発想が自由だわ。あんなかわいい子に世話してもらって、って色んな人から羨《うらや》ましがられちゃった」

　母はニコニコと機嫌よく笑っている。冬馬は週に二度ぐらいのペースで母の元に通い続けているらしい。ふうん、と相づちを打ち、私は寝台の横の丸椅子に腰掛けた。冬馬がやってくれたらしく、冷蔵庫にはちゃんと飲料が詰め込まれ、洗濯カゴは空になっている。

「それで、今日はどうしたの？」

「あのさ、私たちが出て行った後、お父さんがどうしてたのか知ってたら教えてくれない？　片付けしてたら、患者さんのカルテがざくざく出てきて困ってるの。あれって、何年間は保存しておかなきゃいけないとか、あるんでしょう？　錦野医院がいつまでやってたとか、どんな感じだったかとか、一応知っておきたくて」

　急な申し出に母は黙り、やがて、はあ、と深い溜《た》め息をついた。

「昔から、なんであんたはあの人について聞かないんだろうって、ずっと思ってたよ」

「そう？」

「なついてたのに」

「だから、そんなことないって」

「まあ、そんなに私もよく知っているわけじゃないけどね。私たちが出て行く間際にお祖父《じい》さんが亡くなったのは覚えてるね？　出て行ったあと、しばらくしたらあんたのお祖母《ばあ》さんも亡くなって、そこからは一人で住んでたはずだよ。お手伝いさんぐらいは雇ったかもしれないけど。あの場所でお祖父さんの後を継いで、錦野医院を経営してた」

そこまではだいたい予想通りだ。そして、母は屋敷に入り込んでいた妃美子と佳蓮のことは知らないらしい。余分な口は挟まず、先を促す。すると、母は言いにくいことでもあるかのように、わずかに言葉をつかえさせた。

「どうしたの？」

「いや、なんでもない。そうだね、あんたももう子供じゃないんだ。今から十数年前、あんたが中学に入った頃かな、あの人、肺がんになったんだよ。もともとヘビースモーカーで驚くようなことじゃなかったし、手術は成功したらしいけど、ずいぶんがっくりして私に連絡してきた」

「なんて」

「そりゃもちろん、帰ってきてまた一緒に住まないか、だよ」

「お母さんはなんて答えたの？」

「一緒に住みたいなら、あなたがその家から出てきなさい」

「手術直後の病人に向かって、その徹底したドライすごいわ」

「あの人も似たようなこと言ってたなあ。でも、ドライなんじゃない、こんなの当たり前のことだよ。なんで人生設計を投げ出すのは私らの方だって決めてかかってるの」

はは、と私は喉《のど》で笑った。きっと父は、口論では一度もこの人に勝てなかったに違いない。母は肩をすくめ、つられたように少し笑ったあと、でもね、と声を沈ませた。

「その一年後、人づてにあの人が……誤診っていうのかな、なんか大変なことになったって聞いて。お腹が痛いってやってきた子供を胃腸炎だって診断したら、しばらくして病状が悪化して、他の救急病院に運び込まれてから盲腸だってわかったらしいのね。幸い一命は取り留めたけど、子供が死にかけたって親御さんはカンカンで、裁判するって言い出して。結局は示談になったのかな。狭い地域だから噂が回って、そこから病院に全然人が来なくなったんだよ」

「お父さん、やっぱり医者に向いてなかったのかな」

「うーん、盲腸の判別はしにくいものらしいけど、あんたのお祖父さんが名医だったから、なおさら代替わりして腕が落ちたって思われてた節はあったんだろうね。それで、今度は私の方から電話したんだ。部屋は作るから、家を出てきなさいよって」

「え、お父さんなんて言ったの」

「出来るわけないだろうって、怒鳴ってガチャ切り」

「うわあ」

「うわあでしょ。人がせっかく声をかけてあげたのにさあ」

　ははははは、と乾いた笑い声を重ねる。真ん中で少し盛り上がる笑い方が、私と母はそっくりだ。

「お祖父ちゃんとお祖母ちゃんも亡くなって、もう引き留める人だって誰もいなかったのに。なんでお父さんは、自分が幸せになれない場所にずっと残ってたんだろうね」

「……子供ってよく見てるものね」

苦いものでも噛んだ顔で、でもそういうことってあるわ、と母はうめくように結んだ。

「とにかく、もう十年くらいは閉めっぱなしのはずだから、カルテも破棄して大丈夫よ」

「そう、わかった。ありがとう」

鞄《かばん》を腕に引っかけ、ついでに捨ててくるゴミをまとめて、席を立つ。

「冬馬くんが」

唐突に、母が言った。

「ん？　冬馬がなに？」

「いい子よね」

「はは、そればっか。いい子なのはわかったよ」

「すごくいい子。それでもあんたからすれば、なにか……ううん、そうね、優しすぎて頼りないとか、そういう部分があるの？」

「なにそれ、冬馬がそう言ったの？」

「違う違う。ほら、二人でお見舞いに来てくれたじゃない。そのときにね、なんとなく冬馬くんは明日香を立ててるっていうか、気を遣っているように見えたから」

「年の差のせいじゃないかなあ。うん、やっぱり、五歳違うと生活のあれこれも私が決めることが多いよ」

「そう……」

少し遅れて、母の言いたいことに察しがついた。彼女の世代とは、付き合っている男女の力関係が違うのだ。母親世代では、まだ男性がリードをとるカップルの方が多かったのだろう。だから違和感を持つのか。

言いたい、とふいに舌が甘く湿った。私とあなたは違うのだ。私は誰にも虐げられない。それだけの状況を手に入れた。

「それに、今は冬馬は一時的に仕事を辞めて、演劇に専念してるから。養ってる私に気を遣ってるんじゃないかな」

驚くかと思いきや、母は複雑な顔で肩をすくめた。

「なんだかねえ。まあ、冬馬くんもまだ若いから、挑戦したい気持ちがあるんだろうけど……」

「あれ、知ってたの？」

「知らないけど……珍しい話ではないもの。うちの職場にも家計を奥さんが支えてる一家はいるわ。別に、それ自体はいいんじゃない」

いい、と言いながら、母の顔は晴れない。会話の方向がよくわからず、戸惑いと一緒にうっすらと苛立《いらだ》ちが湧いた。今日も、忙しい。帰ったら山積みの仕事が待っている。こんな、病院で、寝たり起きたりしているだけの母の暇つぶしに付き合う余裕なんてないのに。落ち着いてものを考える暇がないほどスケジュールが詰まっているせいで、ほんの少しでもペースを乱されるといらいらしてしまう。家族なのに、と思う。バックアップしてくれるはずの家族が、私の足を引っ張るなんて。うっとうしいほどの間を空けて、ようやく母は口を開いた。

「自分が食べさせてる相手って、どんな風に見えるものなの？」

「ええ？　なに、突然」

「聞いてみたくなったのよ。私は、あんたみたいに男を養ったことはないからね」

「はあ……」

なんでそんなことに興味を持つんだ。もしかして、母にも誰か養いたい男がいるのだろうか。迷い迷い、冬馬を思い浮かべつつ言葉を選んだ。

「えー……なんだろう……かわいいよ、うん、かわいい。同じお財布で暮らしてるってことは家族じゃん。外で色々理不尽な目に遭ったり、嫌なこと言われたりしても、冬馬のために頑張ろうって思うし、家に帰っておかえりって言われると、ああ安全な場所に帰ってきたって感じでホッとする。ごはん作ったり掃除したり、助けてくれてるしね」

言いながら、誰のことを話しているのだかわからなくなる。実際の冬馬は気が回らず子供っぽくて、それほどかわいくない。今朝も急に、俳優仲間が多く住んでいる利便性の高い地域があるとかで、そこに引っ越したいと言い出して、馬鹿を言うなと叱りつけたばかりだ。冬馬はいつもそうだ。優しいふりをして、本当は自分のことばかり考えている。接する時間が短いから、母にはやたらとよく見えているのだろう。

安全な場所、と噛むように呟き、母はぽつりと言った。

「あんた、お父さんによく似てる」

予想外の一言に、一瞬うまく反応が出来なかった。

「……そう？」

「自分ではわかんないんだろうね、でも、似てるよ。やっぱり親子だね」

「どんなところが？」

「うーん……なんだろうね。家族……家族を自分の体の一部みたいに考えているところかな」

「よくわかんない」

「私は、なつかしい気分になったよ。良くも悪くも」

「良くも悪くも」

肩をすくめ、じゃあね、と病室を出た。エレベーターホールの窓から、灰色がかった雲にくるまれた窮屈そうな街が見える。色の濃い部分に向けて目を凝らす。水滴が見えないので、雨はとりあえずやんでいるようだ。でもすぐにまた降り始めるだろう。

8

一人で訪れた玄関ホールは、やけに暗く、やけに広く、やけに親密に感じられた。隠れ家のようだ。子供の頃にうずくまっていた、人に見つからない薄暗い物陰。時間が止まる私だけの場所。ホールの入り口にしゃがみかけ、そこが父の死んでいた場所だと思い出し、少し横にずれて膝《ひざ》を折った。低い位置から、階段を、家具を、天井を見上げる。もうなにも動かないがらんどうの空間をただ眺める。

冬馬の前では機能的に動き続けていたものの、一人でここを訪れたら私はホールの床にしゃがんだきり、動きたくなくなった。そうだ、冬馬もいない。開演を目前に、稽古《けいこ》と舞台作りが大詰めを迎え、ここ数日は会場近くの仲間の部屋に泊まり込んでいる。いなくてよかった、と少し思う。最近、冬馬といるとどうしても喧嘩《けんか》になってしまう。本当は二人で穏やかに夜を過ごしたいのに、冬馬の方が妙にピリピリしていて接しづらい。特に私がピアノの練習を始めると、すぐに顔をしかめて自分の部屋へ入ってしまう。

でも、冬馬がそんな態度を取るのはおかしい。私がピアノの練習をするのはいずれ祖父のピアノを迎えるためで、それはすなわち、自分の実家を愛することだ。どうしてそんな当たり前で正しいことを、責められなければならないのだろう。追いかけて、勘違いを訂正して、また喧嘩になる。

窓から薄く日が差している。静かで、時々風が屋敷の周囲の木々を揺らす音が聞こえる。

きし、と床板の軋《きし》むかすかな音が調和した静寂にひびを入れた。私は木の根のように固まっていた膝を伸ばして立ち上がり、ホールの階段を上った。祖父母の寝室の扉が少し開いている。扉を開き、中を覗《のぞ》く。二つ並んだシングルベッドと、壁際には大きな桐箪笥《だんす》が三つ置かれている。物の散乱した一階に比べ、二階は多少の埃《ほこり》っぽさを除けば昨日整頓《せいとん》されたばかりのようにきれいだ。

窓からにじむ初夏の日差しを完全に遮る、金糸で刺繍《ししゅう》の施されたぶ厚いカーテンの足元がふくらんでいた。

「出ておいで」

十秒待って、やっと男の子は顔を出した。ふてくされた様子で、下唇を突き出している。私は彼の目線の高さにしゃがんだ。

「幽霊には会えた？」

聞いても、すっかり拗《す》ねた様子の彼は答えない。

「ねえ、本当はなにか探してるの？　誰かに命令でもされたの？」

そんな言い方になったのは、探しものでもなければこんな薄暗い屋敷に何度も忍び込んでこないだろうと思ったからだ。とってこいと言われたのはお金か、それとも物か。

この子は誰かにいじめられているのだろうか。男の子は目を丸くして、もれかけた言葉を封じ込めるように薄い唇をきゅっと結んだ。十秒、二十秒。私は彼の唇をほどく言葉をゆっくりと探した。なんだろう、なにがそんなにこわいんだろう。

「内緒にするよ。誰にも言わない。探すの手伝ってあげる」

張りつめていた男の子のまなざしが、ふっとゆるんだ。足元を見て、こん、と靴の爪《つま》先《さき》で床を叩《たた》き、顔を上げる。

「かぎ、なくした」

「鍵《かぎ》？　なに、家の鍵？」

聞き返して、しまったと思う。家の鍵だとしても、防犯的には言いたくないだろう。

予想通り、男の子は口をつぐんで首を振った。私は頷《うなず》く。

「鍵ね、わかった。この家で鍵を見つけたら、ちゃんととっておいて言うからね」

「うん」

男の子は真面目な顔で頷き、今度はじっと私を見つめた。黒目が大きく、かわいらしい代わりに考えていることがよくわからない目だ。もの言いたげな間をおいて、彼は口を開いた。

「なにを探してるの？」

「え、私？」

細い顎《あご》を引いて、こくんと無言で頷く。それはもちろん、お金になるものだ。でも、違うのかもしれない。お金目当てだったら、とっくに業者に頼んでいた。とっさの返答が浮かばず、私は半端に笑った。うまくいかずに口が歪《ゆが》んだ。

「なんだろうね」

澄んだまなざしが傾き、怪訝《けげん》そうに眉《まゆ》をひそめられる。私は少し考えて付け足した。

「大事なもの」

「どんなもの？　大きい？　小さい？　きれい？」

「わからないんだ。手紙かもしれないし、コップとか、子供のおもちゃとか、そういうものかもしれない。でも、私にとっては宝物なの」

「たからもの」

呟《つぶや》いて、男の子はゆっくりとまばたきをした。間をおいて、合点がいったようにまた頷く。一直線に切りそろえられた厚い前髪がさらりと揺れた。

「おもちゃ、見つけたら言うね」

「うん、ありがとう」

唐突に、きらびやかな電子音が鳴り響いた。一拍遅れて、音源が自分のスマホだと気づく。仕事の連絡か、もしかしてなにか締め切りを忘れていただろうかと泡を食って画面を覗き、「孔林社　片貝」の表示に慌てて通話ボタンを押した。ごめんね、と男の子に片手で謝り、スマホを耳へ当てる。幸い口頭確認で済む内容だったので、その場で応対することにした。

すると、まだ聞きたいことがあったのに、気を利かせたのか男の子が小走りに扉の方へ駆けて行った。戸口で一度足を止めて律義にばいばい、と手を揺らし、少しだけ口角を上げて部屋の扉を閉めていく。

たたたたた、と厚い扉の向こうで軽い足音が遠ざかる。だけど、階段を下りる足音は聞こえない。

そこでふと、階段の手すりに尻《しり》を乗せて滑り降りていた幼い兄の丸っこい背中を思い出した。そうだ、その手があった。つまりあの子は、足音なんか立てなくても、いくらでも私や冬馬の目を盗んで一階の玄関から出入りできたということだ。謎が解けてしまえばなんということはない。

ホームページ用のカットの締め切りと内容を聞き、了解して通話を切る。月に連載を二本の他、カットや装画など複数の小さな依頼。いっぱいいっぱいだ。だけど、やめられない。やめたら冬馬を養えなくなる。唐突に彼に一万円札を渡して、遊んでおいでって言えなくなる。いいの？　と輝く瞳《ひとみ》を見る瞬間の、ふわっとした幸せ。冬馬のために働いている。彼との暮らしのため、彼の夢を支えるため。

不思議なことに、私自身にはお金を使ってなにかをしたいという具体的な欲望が見当たらないのだった。仕事で必要な最低限のものや衣服はそろえている。だけど、それ以上の、少し無理をしてでも叶《かな》えたいという欲望がない。だからこそ冬馬にお金を使って、喜ばせるのが好きだ。彼の喜びが、まるで私の喜びであるように感じる。やっぱり、愛しているのだろう。私は冬馬を愛している。

それなのに、あの子はすぐに私を失望させる。

すうっと血が下がる。ああ、いやだ。考えたくない。うんざりだ。一階に戻って、手つかずになっていたキッチンの掃除を始めた。流しの下の使いかけの洗剤類や調味料を処分する。収納庫に積み上げられていた山のような未開封の贈答品の賞味期限を確認し、期限切れのものから順に中身と包装を分別してゴミ袋に入れた。時々手を止めて、椅子に腰かけて持参したペットボトルのお茶を飲む。

調理器具の入った引き出しに、おもしろいものを見つけた。裏面が白い使用済みのカレンダーを、手帳サイズに切って束ねた手作りのメモ帳で、「牛ばら煮込み」「蕪《かぶ》の浅漬け」「かぼちゃサラダ」などの材料と簡単な調理手順が記されている。きっとテレビの料理番組を見て書き溜《た》めたレシピなのだろう。レシピは三十品ほど記されている。父の字は、遺言状の字よりもずっと適当で、輪郭が丸みを帯びていた。私は父のレシピ帳を鞄《かばん》に入れて持ち帰った。

この屋敷で初めて出会う、私のマンションに持ち帰りたい物だった。

リビングの壁時計は、午後十時を指している。

二軒目も行ってくる、というメッセージが来たきり、まだ冬馬は帰ってこない。

時計の少し右、白い壁紙を眺めるうちに、よく飲めるなあ、と薄暗い声がじくりと湧いた。実家のことを考えているうちはやり過ごせたけれど、静かになったらもう駄目だった。衣食住を賄ってもらって、小遣いももらって、お金にもならない芝居に熱中して、その上飲んで帰るなんて、よく言えるなあ。

ふつ、と小さな火が下腹に点《とも》るのを感じた。とろけるような虹色の火だ。柔らかく揺れ、蜂蜜《はちみつ》が流れる速度で広がっていく。

私だって飲みに行きたい。遊びに行きたい。でも、実家の片付けもあるし、連載もある。三日後に『雨が降っても晴れた部屋』の第一話の原稿を片貝に送り、それからすぐに『ノバラとナツオ』の締め切りが続く。片貝はポイントさえ押さえれば割とあっさりオッケーを出してくれる編集者だが、言い換えると少し頼りない。私がぎりぎりまで検討を繰り返し、作品の質を上げていかなければならない。一人で、誰にも頼れない領域を切り拓《ひら》く。ひりひりと一瞬たりとも気を抜かずに描き続け、ようやく、辛うじて、生き残ることが出来る。

溜《た》め息を落とし、シャープペンの芯《しん》を押し出して下書きに戻った。明日には空ちゃんが来てしまう。それまでにせめて三分の一はペンを入れておきたい。だけど、中盤のセリフにやや不安がある。それぞれの環境から逃げてばかりだったノバラとナツオが、初めて逃げる以外の選択肢を模索する回だ。「ずっと逃げられるわけじゃないよ」。キーのセリフは本当にこれでいいのか。ネームの段階ではこれで良しとしたけれど、もっと、

もっと、救いなんかなくていい、否応《いやおう》なく前を向かざるを得ない、圧倒的ななにかがこの世にはある気がする。少なくともそんな予感がする。この二人を生かすのはきっとそういうものだ。

　ああ、でも、いらいらする。

「ただいま」

　玄関から、静かな声がした。目の端を赤くした冬馬はそれほど酔った様子もなく、全身から夜風の香りを漂わせてリビングにやってきた。神妙な顔で、私のそばに腰を下ろす。

「……どうしたの？」

　謝ればいい、と思う。自分だけ浮かれて飲んでいてごめん、明日香だけ頑張らせてごめん。そして、いつもありがとう、と言って抱きしめてくれたら、私はこれから何万時間でも冬馬のために頑張れるし、何千万でも稼いであげる。愛だ。これが、私の愛だ。

　冬馬は舌で唇を濡《ぬ》らし、そうっと口を開いた。

「俺、この家を出ていくよ。前に、金のない俳優で集まってシェアハウスするって話しただろ。そこにもぐり込ませてもらう」

「……はあ？」

「急で、ごめん。色々考えたんだ。これからずっと明日香に甘えていくわけにもいかないし」

「なに……なに言ってるの？　なに、はあ？」

　言いたいことが全く理解できない。

　引き止めなければ。妙な誤解を解いて、彼の心を手繰り寄せなければ。そう思うのに、口から飛び出した言葉はたまらなく陳腐だった。

「お金はどうするの？　そんな、引っ越し費用なんて払わないよ」

「ああ、それは大丈夫。バイトが決まるまでは、砂川さんが立て替えてくれることになって」

　砂川？

　どうしてここで、あのセンスのない狸みたいな女の名前が出てくるのだろう。

　どうしてそんな、頼れる恋人みたいに、他人の名前を呼ぶんだろう。

　ひゅ、と指先に風を感じる。言葉が追いつかない。一瞬で体いっぱいに燃え広がった炎が皮膚の真下まで膨れあがって、苦しい。

　風船が割れるみたいな音がした。

　気が付くと、冬馬の鼻からぼたぼたと鮮やかな血がこぼれていた。目を見開き、冬馬は手のひらで血のしずくを受け止めようとする。まずい、明後日《あさって》は舞台の初日なのに、私が悪い、早く冷やして、優しくしなきゃ、優しくしなきゃきらわれる。でも、信じていた、冬馬には私しかいないって信じていた、私には冬馬しかいないのに。涙で視界が歪む。口を開けば、火が、あふれて。

「あ……あああっ！　ふざけんな、ふざけんなふざけんな！　あんたなに？　さんざん世話になっておいて、ふざけんな！」

　血だらけの顔をかばって背中を丸めた一つの体を、二本の腕が殴っている。ど、と鈍い音が立ち、爪の食い込んだ手のひらから肘《ひじ》までびりびりと痺《しび》れるほど、強く。誰の腕だろう。誰の体だろう。耳が聞こえない。少し遅れて、私が叫び続けているから聞こえないのだと気付いた。浅く息を吸って、咳《せ》き込みながら口を閉じる。

　気が付けば、目の前に冬馬がいた。呆然《ぼうぜん》と目を見開き、顔と手を血だらけにして、乱れた息を吐いていた。

「あ……」

　私がやったのか。

　父のように、一番大事な人を殴った。

「……うそ、ごめん……」

　涙で膨らんだ世界がぼろぼろと砕ける。破裂するように泣き出した私のそばで、冬馬はただぽかんと、真っ赤な両手を見下ろしていた。

9

蝉が、ずいぶん鳴いている。屋敷をコの字に囲む木々にしがみついた無数の蝉が、一心に短い命を謳歌《おうか》している。じーわじーわじーわみーんみんみんみーんみん。ぼうっとしていると、屋敷だけでなく体の中にまで蝉の声が流れ込むようだ。賑《にぎ》やかで、満たされて、なにも考えられない。

一週間ぶりに訪れた屋敷は夏本番の猛暑でひどく蒸していた。ばたばたとあちこちの窓を開けて風を通し、換気扇を回して一息つく。

コンビニで買ったパンの包みを手に階段を上がり、二階の祖父母のリビングに向かう。住んでいた頃は滅多に訪れなかったけれど、この家で一番居心地よく作られているのはおそらくこの部屋だった。クリーム色の革張りのソファは程よい硬さで座り心地がよく、大きめの窓が並ぶおかげで採光もいい。心なしか、風もよく通る。

ここがこんなにいい部屋だなんて、考えたこともなかった。祖父のピアノが置かれたこの部屋はこの家で最も行儀よくしていなければならない場所で、出来ることなら近づきたくなかった。なにか用事があって入ったときには、祖父の機嫌を損ねないようい つも緊張していた。こんな風にソファで足を組んで菓子パンを頰ばる日が来るなんて、大人になってよかったなあと思う。

　しかし、二階の部屋はほとんど乱れもなく、物も散らかっていなかったので、おそらく父は私のように祖父母の領域を侵すことはしなかったのだろう。ただ生きていた頃のまま、大切に保存し、尊重していた。

　手が、付けられなかったのかもしれない。そんな風に思うこともある。ちらりと、私が来てからは扉を開けたままにしてある仏壇に目をやった。父の位牌《いはい》を、祖父母の位牌と一緒に暗い箱の中に閉ざすことに、妙な抵抗があったのだ。掃除道具の場所も、その方法もよくわからなかったので、とりあえず百均で買った太筆で仏壇内部の埃《ほこり》は払い、新しい線香を何度か焚《た》いた。これである程度の義理は果たしたように思う。

　なんの義理だ。錦野家の一員的な義理か。それとも女は埃まみれの仏壇の世話をしなければいけない、という冗談みたいな呪いが私の中にも埋まっているのか。思わず苦笑いが浮かぶ。父はこれを、とても無造作に放置していたのに。

　放置、と唐突に浮かんだ語句に軽く胸を衝《つ》かれた。でも、そうだ。二十四年ぶりにこの屋敷を訪れた日、仏壇の扉は閉められていた。

　仏壇の手入れすらまともにしなかった人が、「謙虚な気持ちで屋敷を引き継げ」なんて思うだろうか。

　一階の本に挟まっていた、私宛の遺言状を思い出す。そもそも遺言状って、本当に思っていることを書けるものなのだろうか。目の前の恋人に放つ言葉すら、とても簡単に本当の気持ちとはかけ離れてしまうものなのに。

首を振り、蝉の声で頭をいっぱいにして、白く輝く真夏の庭を前に、百十円のメロンパンにかじりつく。

「おもちゃ、持ってきたよ」

控えめな声に振り返ると、そこにはいつもの男の子がいた。暑いからだろう、今日は半ズボンに、白い木綿のTシャツを合わせている。

「おもちゃ？」

なんのことかわからずに聞き返すも、男の子はきゅっと結んだ唇から「ん」と突っ張った声を出して、手にしたものを押し付けてきた。つるつるした軽い物体が手のひらに転がる。

それは、木製の人形だった。大人の手にちょうど収まるくらいの大きさで、表面に兵隊のイラストが塗装されている。色づかいの派手さや、かわいさよりもインパクト重視でデフォルメされた絵柄から、海外製かなとまず思った。筒形の帽子は黒く、服は赤く塗られ、腰につまようじくらいのサーベルが描かれている。

帽子がやけに大きい。少し遅れて帽子のてっぺんにぽつぽつと小さな穴が開いているのに気付いた。どうやらこれは、胡椒《こしょう》を入れる容器らしい。おしゃれだ。

「かっこいいねえ」

思わず口にすると、男の子は得意げに胸を張った。

「どうしたの、これ」

「持ってきた」

「そっか、ありがとう」

「もっと見る？」

別に見たくはないけれど、この子が呼びかけてくるなんて珍しい。うん見せて、と頷《うなず》くと、男の子は「来て！」と弾む声で言ってリビングを出た。後を追うと、叔父《おじ》の智さんが使っていた部屋へ入っていく。

智さんの部屋には簡素なベッドと机のほか、壁の一面を使ったウォークインクローゼットが設置されている。智さんがいた頃は足の踏み場もないほど物が散乱していた。屋敷で唯一、煙草の匂いが漂っていることも居づらさに拍車をかけていた。だから智さんがいなくなった後、祖母の手で片付けられた部屋の意外な広さに驚いた。

今も、部屋は片付いている。ただ、智さんが去って放置されていた部屋にしては、どことなく印象が違う。しばらく考えて、違和感の正体が窓にかけられた花柄カーテンだと気付いた。智さんの趣味だとは思えない。

「ねえ、これ」

男の子の声に我に返った。彼はどこからか一抱えほどの白い箱を取り出していた。箱の中には黒いスポンジが敷き詰められ、くぼみに先ほどの兵隊と同じ絵柄がついたキッチン用品が十個ほど収められている。兵隊だけではなく、王様や女王様、コックや執事など、様々な人物が描かれていた。ちなみに王様はカバーつきの包丁の、女王様はパン切り包丁の柄でそれぞれにっこりと微笑んでいる。

「触っちゃだめなんだよ」

男の子はそう言って、王様と女王様を指さす。よく躾《しつけ》のされた子だ。

「そう、よく知ってるね。刃物はだめだよ、手ぇ切っちゃうからね」

「だからこっちで遊ぶの」

小さな手が砂糖壺《つぼ》のコックやフライ返しの執事、栓抜きの大臣などをつかみだし、これが一番強いの、でもご飯を作ってるときはみんなこいつの言うこと聞くの、などと設定の作り込まれたままごとを始めた。私も犬が描かれた大さじスプーンを渡されたため、喧嘩《けんか》するコックと執事の間で時々「わん」と合いの手を入れた。しばらくするとただ鳴くのにも飽きて、とんとんとん、と犬がじゃれるようにスプーンの柄を男の子の腕に上らせる。男の子はくすぐったそうに身をよじり、笑いの残った目で私の顔を見た。

「ねえ、これって宝物？」

「宝物……まあ、古そうだし、いい値段もつくかもしれないけど、宝物ならもっとぴかぴかしてるんじゃないかな」

「ぴかぴか」

「ほら、ええと、この王様の王冠みたいにさ」

男の子は少し首をかしげ、立ち上がって窓辺の机に近づいた。迷うそぶりもなく一番下の引き出しを開け、中から物を取り出す。

「こういうもの？」

差し出されたのは、赤いリボンのついた綺麗《きれい》な金色のメダルだった。リボンには白い布が縫い付けてあり、「第五十七回　書道コンクール最優秀賞」と細字の墨書で綴《つづ》られている。なんだろうこれは。覚えがない。布やリボンに変色は見られず、メダルも磨いたばかりのように光っている。

「なんだろうこれ」

「女の子のだよ」

「女の子？」

「ここにいた女の子」

当然とばかりの調子で言う。ここにいた女の子。反芻《はんすう》して、ぱっと一つの名前が頭に点《とも》った。

「え、佳蓮？　佳蓮を知ってるの？」

男の子は照れくさそうにきゅっと唇をとがらせた。そうか、近所の子なら佳蓮を知っていたっておかしくはない。先ほどのおもちゃについても、やけに慣れた様子でいたのは佳蓮と遊んだことがあるからか。

「佳蓮ってどんな子だった？」

「強い子」

「強いんだ」

「僕よりずっと強いよ。悪いやつをぼかってやっつけちゃうの」

どうやらそうとう気の強い子だったようだ。妃美子の娘らしい、と感心し、そんな子も思春期に入れば不安定になるのだな、と他人事《ひとごと》として思う。

メダルを受け取ると、男の子はんん、とくぐもった声を上げ、少し眠たげに目をこすった。

「だるい」

「今日はあっついからね。疲れたなら、おうち帰ってお昼寝しなよ」

「また来る？」

「え、ああ、うん」

まさか、ちょっとままごとに付き合ったぐらいで別れを惜しまれるとは思わなかった。本当に友達がいない子なのかもしれない。

ちゃんとキッチン用品たちを箱にしまってから戸口へ向かい、またね、と男の子は小さな手を揺らす。その白い手のひらのひらめきに、大切なことを思い出した。

「ちょっと待って。あのさ、ピアノの鍵《かぎ》、見たことないかな。あっちのリビングにあるピアノでね、宝物なんだ。鍵がなくて……佳蓮からなにか聞いたことはない？」

「……明日香にとっても宝物なの？」

「あれ、私、名前言ったっけ？　ああそうか、冬馬が言ってたから」

初めにこの子と会ったときは冬馬が一緒だった。冬馬が私の名前を呼んだのを聞いていたのだろう。冬馬、となにげなく口にして、体がさっと冷たくなった。ひどい、悲しい、辛《つら》い、さみしい。油断すれば襲い掛かってくる悲哀の混濁を弱く押し返し、蝉の声に耳を澄ませる。じーわじーわじーわしゃわわわわ。顔を上げると、男の子は言いにくそうに口を曲げ、ぽつりぽつりと切り出した。

「ピアノの鍵の場所は、知らない。……けど、探してるところ」

「そうなの？」

「うん。でも、開けちゃだめ」

「え？」

「ピアノは開けちゃだめ。……僕が開けるんだ」

やけにはっきりとした声で言って、男の子はぱっと駆け出した。軽い足音が遠ざかり、小さな気配が消える。

「開けちゃだめって」

私は、手に残された佳蓮のメダルを眺めた。よくわからないことばかりだ。メダルは金色で、よく光っている。

最優秀賞って、もしかしてすごい賞なんじゃないか。

あの子は帰ったけれど、まだしばらく日は出ている。そして私は今、色々なことがどうでも良くなっている。

泣き崩れた私を、冬馬は慰めてはくれなかった。

加害者となった私は、あたかも被害者のように泣きながら、寒々しい背中に温かい手が下りてくるのを待っていた。冬馬は鼻から垂れた血を手の甲で押さえ、手近なティッシュを丸めて詰め込んだ。口に溜《た》まった血を台所の流しにまずそうに吐き捨て、うがいをして、汚れた顔と手を洗う。血のしみがついたTシャツを脱いでゴミ箱に突っ込み、新しいシャツに袖《そで》を通す。最後にようやく血が止まったらしい鼻からティッシュを抜いた。

一連の動作を終え、冬馬は私から少し距離を取って椅子に腰掛けた。私を見る。黙ってただ見つめる。私の顔や体を素通りして、私の背後に連なるものまで見ようとする温度のないまなざしには覚えがあった。アステルだ。情だとか憐憫《れんびん》だとかに流されない、冷徹な観察者のまなざし。

「初めはよかったのに、どうしてこうなったんだろうな」

「とう……まの、せいでしょう」

「でも俺はなんにも変わってないよ。変わったのは明日香だ」

「あ、あいして、なかったっ……私は、いつも冬馬のことばっかり考えてきたのに、私のこと、全然考えてくれなかった！　私がどれだけ辛かったかわかろうともしないで、情緒不安定とかっ……」

ぶくりと両目に涙がふくらむ。歪《ゆが》む視界でも、冬馬がまったく表情を変えていないのがわかる。

「なんか、わかんないんだけど……愛？」

平たく呟《つぶや》いて、冬馬は天井を見上げた。五秒おいて、泣きじゃくる私に目を戻す。

「違うだろ。明日香が欲しがってるのは忠誠だ。それがあんたのなかでは愛なんだ。首に縄をひっかけられる奴じゃないと安心できないんだ」

「なに言って……ひどい……」

「前に明日香の兄ちゃんが言ってたことがなんとなくわかった。確かにどっか変だ。壊れてるのか、育ってないのか、わかんないけど。なんか不自由で、かわいそうだなあって思う」

冬馬がなにを言っているのか、本当に理解できない。好きな人に好かれたいと思うことが変だと言われる。冬馬も、兄も、緑原も、頭がおかしいのだろうか。どうして言葉が通じないのだろう。

おれはさあー、と能天気な声で冬馬は続けた。

「どこも壊れてない代わりにつまんない人よりも、どこかちょっとくらいぶっ壊れてても面白い人の方が強いと思うから、職業人としての明日香はそんなに嫌いじゃないんだけどさ。実際、明日香はそのぶっ壊れた部分で今まで仕事も上手《うま》くやってきたんだろうし。でもこのまま一緒にいたら、明日香、俺のこと殺しちゃうよ」

「殺すわけ、ないじゃない。違う、違うの、間違いなの。もう二度としないから、信じて！」

「無理だよ。信じるとか信じないとかじゃない、ただ単純に、無理なんだ」

小一時間ほどかけて段ボール三箱と大きなトランクに荷物を詰めて、冬馬は本当にここから出ていく身支度を整えていった。私がいくら泣いても、なじっても、だめだった。袖を引く手は剝《は》がされ、殴る拳《こぶし》は受け止められた。

「今度は砂川さんのところでまた繰り返すつもりでしょう！　お金を吸い上げて、捨てて、そんな人間がいい役者になれるもんか！」

「砂川さんって……あの人とは全然そんな関係じゃないよ？　確かに今まで付き合ってる女の子に助けてもらったことはあったけど、別れたのは金とか関係なく、意見が合わなくなったからだし」

「コネもなにもないあんた一人でなにができるの……ねえ、大間違いだよ。なにもかも、あんたが思うほど甘くないの。後悔するよ！」

荷造りの手を止め、一度、冬馬は振り返った。

「明日香といると、なんでも手に入る気分になる。だけど、なにをもらっても、本当に俺の手に入るものは一つもないんだ。なにをどれだけ頑張っても、評価をもらっても、すごいのはぜんぶ明日香で、俺じゃない。そういう風になってる。……あのね、砂川さんは、俺が場数を踏んだらブレイクするって本気で信じてるんだ。同じ苦労なら、俺は俺を信じてくれる人としたいよ」

「そんなのリップサービスに決まってるじゃない！　養成学校の入学金目当てだってなんでわかんないの！　勧誘のノルマでもついてるんでしょう。それに、入学金はどうするのよ。まさか、砂川さんが払ってくれるの？」

「まさか。バイトして分割払い。もう職場も決めてきたんだ。シェアハウスでだいぶ家賃も浮くし、なんとかなりそう」

「本当に、馬鹿……」

私がなにを言っても手を止めず、冬馬は段ボールのふたをガムテープで閉じた。

「今までありがとう。次は仕事で会いたいな。ちゃんと俺、打ち合わせ相手として会食の席に呼ばれるような役者になるからさ」

「二度と……会わない。あんたみたいな人でなし」

「それ、今までに何回か言われたことあるわ」

呟き、冬馬はうっすらと眉《まゆ》をひそめ、にじむように笑った。悲しげなのに楽しそうな、不思議な笑い方だった。

「なんか俺の中には、一緒にいる女の人のタガを外しておかしくしちゃうものがあるみたい。これまでもそうだったし、きっとこれからもそうだろう。俺も明日香と同じで、ちょうどいい家庭とか、そういうのは一生手に入んないのかもしれない。……でも、それならそれで、やっていくんだ」

「……一緒にしないで」

「うん、ばいばい。荷物は明日には取りに来るよう、業者を手配しておくから」

手を振って、本当に家を出て行った。

ゆっくりと扉が閉まる。

「……え？」

誰もいなくなった部屋で低く呟く。流しの横の乾燥かごに、冬馬がいつも使っていたマグカップを見つけた。

とっさにつかみ、全力で床へ叩《たた》きつける。ごっ、と鈍い音を立ててカップが弾み、柔らかい焦げ茶色のフローリングが浅くへこんだ。

冬馬が去り、なにをすればいいのか、自分がなにをしたかったのか、分からなくなった。相続税の支払いは次の年明けなので、まだ半年以上時間がある。あんなに時間が欲しくて仕方なかったのに、今はしたいことがなにもない、宙ぶらりんの気分だ。頭が空っぽで、蝉の声しか入ってこない。

見つけたメダルを手に、なんとなく屋敷を出た。なにもしたくない、なにもしなくたっていい、は、なにをしてもいい、に似ている。通りを一本進んだ、亀の看板のカフェに入る。

狭い店内は相変わらず、濃厚な焼き菓子の匂いで満たされていた。いらっしゃいませえ、お好きな席へどうぞぉ、とのどかな声で迎えた赤いエプロンの女に、手にしたメダルを差し出す。

「えっと、私そこの……旧錦野医院の、娘なんですけど。屋敷を整理していたらこれが出てきて。たぶん有沢妃美子さんの娘さんのものだと思うんで、届けてもらえませんか。お知り合いなんですよね？」

私よりも一回りほど年上の女は目を丸くしてメダルを受け取り、少し間を置いて、ああ、と低く声を漏らした。

「よく分かったね。錦野さんは結局ずっと、私がきみちゃんの友達だなんて気づかなかったよ。なのに、娘さんはあっという間に私に辿《たど》り着く。こういうものなんだろうねえ」

「なんのこと？」

私はただ、前に妃美子がこの店に居たときの気安い様子から、女と妃美子は親しいのだろうと見当をつけただけだ。おそらく同年代だろうし。

「きみちゃんと佳蓮ちゃんが出て行ってしばらくの間、錦野さんは朝から晩までずーっと駅前を張ってたんだよ。最寄り駅だけじゃなくて、二つ三つ離れた駅でもね。もう、おっかなくってさあ。きみちゃんはもともとここらに縁のある人なんだけど、あたしらで協力して、錦野さんと鉢合わせしないよう気を配ってたんだ。馬鹿だよねえ、そんなに大事なら殴らなきゃいいのに」

女ははたと私を見つめ、口が滑ったとばかりに苦笑した。よっぽど近所では定番の話題なのだろう。私は神妙な顔で頷いた。

「ほんと、馬鹿です。大事なら、大事にすればいいんです」

「まあ、そういうことだから。娘さんが、お父さんとは違って話の通じる人で良かったよ。佳蓮ちゃんのメダルもありがとね。渡しておくから、念のため連絡先を教えてくれる?」

「はい」

私も、父も、どうして大切な人に自分の最も醜い部分をぶつけてしまうのだろう。軽くなった両手をぶらぶらさせて屋敷へ戻る。

どこからか、「夕焼け小焼け」のメロディが流れてきた。子どもたちに帰宅を促す防災無線のチャイムだろう。ゆーやーけ、こーやけーで、ひーがくれてーと無意識のうちに口ずさむ。覚えたのはもう二十数年前、小学校の音楽の時間だ。宿題かなにかで、歌声を録音した覚えがある。あの頃はCDなんかなくて、カセットテープが主流だった。ご家族で一緒に歌いましょう、なんて書かれた課題のプリントを手に、母とくすくす笑いながらテープレコーダーの録音ボタンを押したものだ。

自分の声が、ずっと残るのだと思っていた。だけど今となっては、カセットテープなんて再生するのも困難だ。あのテープも、探せば屋敷のどこかにあるのかもしれない。レトロな空気に浸りつつ、茜空《あかねぞら》を見上げて家に帰った。

　その日の夜、スマホが見知らぬ番号を表示して震えたときには、メダルのことなんて忘れていた。

「ありがとう。佳蓮が喜んでた。覚えてたみたい、あのメダル」

「そう、よかった」

　ふ、と回線の向こう側に風がぶつかった。どうやら妃美子が笑ったらしい。

「片付けは順調？」

「まあ、そこそこ」

「なにか足りないとか、見つからないとか、困ってることある？」

「別になにも……あ」

　かたん、と力を込めても跳ね返される、固い木のふたの手触りがよみがえった。

「二階のピアノって、あなたがいたときにはもう閉まってた？」

「ピアノ？」

　妃美子はさも予想外のことを言われたとばかりに、語尾を跳ねさせた。

「二階のリビングの、茶色の」

「ああ、あの小さいやつ。時々佳蓮が弾いてたわ」

「弾いてたってことは、ふたは開いたのね」

「なに、開かないの？」

「鍵がなくて」

「ふーん」

短い沈黙が下りた。妃美子の背後に男女の入り交じった笑い声や、賑やかな電子音が聞こえる。どこか賑やかな場所にいるらしい。繁華街だろうか。スナック勤めだというから、休憩中なのかもしれない。

「佳蓮がまだ小さかったから……七年？ 八年ぐらい前かな。あの人の弟さんだって人がやってきて、なんか色々持って行ったの。宝石箱だとか、リビングに飾られてた金の置き時計だとか、高そうな物ばっかり。あの人ともしばらく言い争ってたけど、途中からもう二人とも黙っちゃって。探しても見つからないなら、持って行った物の中に入ってたんじゃない？」

「智さんが？」

そんな話は聞いたことがない。念のため智さんの外見の印象を伝えると、妃美子は、そうそうちょっと彫りが深くて目立つ顔してた、と軽い調子で頷いた。

「そう、連絡を取ってみる」

「うん」

「ねえ」

舌が、迷った。母には、冬馬は演劇が忙しく、見舞いに来られなくなったとだけ告げた。それ以外は編集者にも、アシスタントの空ちゃんにも、私と冬馬を知っている人には、誰にも言えなかった。

「恋人を殴ったの。止まらなかった。……止めようと思えなかった。殴っている、あいだ」

妃美子は黙っている。

「私もいつかお父さんみたいに、一人でのたれ死ぬのかな」

「……あなたとあの人は別の人間よ」

「うん」

「変わろうって頑張れば、きっと変われる。ちゃんと誰かと愛し愛される関係を作れる。大丈夫よ」

いかにも母親っぽい、温かなしゃべり方だった。きっと私の父も、彼女のこんなところに惹《ひ》かれたのだ。優しくて、間違いごと包んでくれるような性質に。

この夜のどこかに通じる回線が途絶え、私は原稿用紙が散らばったテーブルと、フローリングに刻まれた浅いくぼみに目をやった。

妃美子が去ったあと、父はどれだけ彼女と話したかったことだろう。痛いくらいにわかる。私も、見るたびに辛くなるだけなのに、冬馬のマグカップを捨てられない。父が軽く狂ってしまうほど恋しかった女と、私はこうして電話でなんの感動もなくしゃべり、私は私が軽く狂ってしまうほど恋しい相手に、一度も電話をかけられないでいる。

テーブルの端、今日の夕方に郵便受けから拾い上げた舞台のチケットを人差し指で弾《はじ》く。表面には、深い藍《あい》色の世界に佇《たたず》む一人の男がプリントされている。重量感のある藍色には細かな陰影が刻まれていて、もしかしたらイラストではなく版画だろうか。俵さんらしいお洒落《しゃれ》なチケットだ。

冬馬はなにを思って、これを送ってきたのだろう。

劇団「大脱走」の舞台「神の庭から遠く離れて」は、平日の夜にもかかわらず百人ほどの座席のほとんどが埋まっていた。座席の指定はなく、入場順に自由に選べるようになっていたため、私はなるべく目立たない後方の端の席に座った。これまでは舞台にほど近い関係者席に座ることが多かったため、こんなに遠くから芝居を見るのは初めてだ。

舞台は前に俵さんにちらりと聞いた通り、前半は映画「アマデウス」をベースに堅実に、後半はそれまで反目し合っていた天才音楽家のモーツァルトと、彼の才能に嫉妬《しっと》する宮廷音楽家のサリエリがまさかの和解をするという驚異の展開を突き進んでいく。

俵さんも、変な話を作ったなあ。初めはそんな気分で、「アマデウス」ファンからすれば作品の冒瀆《ぼうとく》に等しいそれをぼんやりと眺めていた。

人生の窮地を救われたモーツァルトは、かつては仲間の前で嘲弄《ちょうろう》したサリエリの音楽を批判できなくなる。サリエリを良き人だと思い、恩を感じ、喜ばせたいと思う。嘘を、詭弁《きべん》を、世辞を繰り返し、自分の他愛もない褒め言葉に涙をにじませるサリエリの肩を親しげに叩いた。

「それでも、あいつの音楽は馬の糞《くそ》だ」

真夜中、一人の部屋でそれまでの軽薄な笑顔をはぎ取ったモーツァルト――ピンスポットを浴びた冬馬が呟く。憤るでもあざ笑うでもなく、その声にあるのはぽっかりとした空虚だ。波のような悲しみが冬馬の体からあふれ、決して狭くはない会場を満たしていく。メイクの担当者が頑張ったのだろう。私が殴りつけた傷や痣《あざ》は、少なくとも客席からは見当たらない。

馬の糞だと唾棄《だき》する気持ちと、サリエリへの親愛と、二つの感情に引き裂かれたモーツァルトの心は徐々に変質し、ある瞬間からサリエリの音楽を良いものだと感じ始めてしまう。そうすれば心と体が調和し、楽になれる。自分の中に、矛盾がなくなる。

一さじの汚水が容器のすべての水を汚すように、それまで当たり前のように握りしめていた音楽に対する確信は失われ、天にも届くと謳《うた》われたモーツァルトの曲は堕落した。

「神のみならず、お前もまた私を裏切るのか」

ラストシーンは、凡俗に成り下がったモーツァルトを罵《ののし》るサリエリの愛憎の入り交じった罵倒《ばとう》で始まる。冬馬演じるモーツァルトは沸騰した湯が鍋底《なべぞこ》から気泡を立ち上らせるようにふつふつと笑いだし、やがて叩きつけるように言った。

「我らが父は、誰のことも愛したりしない！　僕と君の違いが寵愛《ちょうあい》のあるなしだと見なした時点で、君の顔には目玉の代わりに馬の糞が詰まっていたんだ」

「そうでなければなんだというんだ！　お前のような下劣で、軽薄で、愚かな人間にあんな美しい音楽を与えるなんて、どれだけ残酷な神が」

「君は、寵愛がなければずっとそこに座り込んだままか」

嘲《あざけ》りまじりに吐き捨て、そして、闇に閉ざされた舞台を見回した。

「愛などここにはない。初めからなかったんだ！　それでも僕は、この荒野を行く」

スポットライトが光を弱めていく。次第に暗くなる舞台を揚々と立ち去るモーツァルト。視界が失われる中、舞台中央に立ち尽くすサリエリが膝《ひざ》をついた。

神よ、と絞り出された祈りの声は、まるで稚拙な悲しい呪いのように、長くその場に残っていた。

10

平日の昼とあって、千葉へ向かう特急電車は空《す》いていた。私は乗り込んで早々に、背後に乗客がいないのを確認してシートを思い切り後ろへ倒した。昨日は長時間パソコンのディスプレイをにらんでカラー原稿に取り組んでいたため、目がしょぼしょぼする。送信ボタンを押す頃には、空がきれいな薄紅色の朝焼けに染められていた。仕事場の畳に横倒しになって三時間ほど眠ったものの、まだまだ眠気は晴れない。千葉に着くまでの二時間も、睡眠に当てるつもりでカーテンを引いた。

シートと壁が作る角に頭を預けて眼をつむる。車体がホームから滑り出す浮遊感に、自分の意識までふわりと揺らいだ。締め切り明けは、いつも現実と作り物の世界の境界線があやふやになる。瞼《まぶた》の裏を流れる景色が、現実にあったものなのか、それとも私の漫画や、人の創作物で見たものなのか、わからなくなる。

冬馬を観に行ったはずなのに、「大脱走」の公演で一番目に焼き付いたのは、舞台の最後で膝《ひざ》を折るサリエリの姿だった。きっと主演の彼も素晴らしい資質を持っているのだろう。絶望を突きつけられた時、無明の荒野を勇ましく進む人と、うずくまり、そこから動くことを拒む人。二人を見た瞬間に気づいてしまった。私はきっと、サリエリ側だ。

「探しものを、智さんが持っているかもしれなくて」

私のそんな問いかけに、回線の向こうの智さんは苦笑いで答えた。

「明日香ちゃんの知ってる通り、俺があの家を出たのはもう二十年以上前のことだよ。その時に持ち出した物だって、もう」

「すみません、勘違いかもしれないんですが、数年前に智さんがあの屋敷に来たことがあるって聞いて」

「誰に？」

「ええと……近所の人に」

「近所の人にね」

ふうん、と軽く息を抜く音がする。私はつきつきと心臓が痛むのを感じた。今、智さんはどんな顔をしているのだろう。きっと私がまだ一度も会ったことのない智さんになっているに違いない。

「ちなみに探し物ってなんだい」

「鍵《かぎ》です。二階のピアノの鍵」

「あの親父のピアノか。心当たりはないなあ」

「うーん」

そうですか、とあっさり引き下がっていいものか、迷う。私の沈黙をどうとったのか、智さんは少し間を置いて、口を開いた。

「明日香ちゃん、ちょっと遊びに来ないか」

「え」

「こっちはいいぞう。飯もうまいし、開放的だし。魚市場を案内するよ」

「そんな、いいんですか」

「うん。海沿いをドライブして、兄貴のことでも話そう」

智さんが、なにを考えているのかはわからない。ただ、父の話を聞けるなら行くべきだと思った。

智さんはライトグリーンの麻のシャツにベージュの短パンを合わせ、サンダルをつっかけたラフな格好で銚子《ちょうし》駅前に立っていた。

「よっ」

「どうも」

「悪いね、遠くまで」

「いえ、のどかな感じで、いいですね」

赤い三角屋根の駅舎の前に、石畳の広いロータリーが設けられている。まず驚いたのは道路の幅の広さと、一呼吸で肺の奥まで行き渡る潮の匂いだ。この町は風が強い。

智さんが運転するオレンジの丸っこい軽自動車の助手席に乗せてもらい、出発する。智さんの家と経営しているカフェはここから私鉄に二十分ほど揺られた先、海の近くにあるらしい。

駅前は海水浴に来たのだろう観光客でにぎわっていた。ノースリーブだったりホットパンツだったり、露出度の高い格好をした女と、小麦色の上半身を惜しげもなくさらした男たち。私が暗い家にうずくまって遺品を整理し、狭い部屋にこもって原稿を描いている間に、外はこんなにエネルギッシュで官能的な季節を迎えていたのだ。なんとなく眩暈《めまい》を感じていると、ハンドルを握った智さんが口を開いた。

「昼、まだだよね、行きつけのとこでいい？」

智さんが連れて行ってくれたのは、市内にある定食屋だった。有名な店なのか、十台ほどの駐車場は満車で、入り口に誘導員が立って待っている車を案内していた。店の前にも観光客らしき数人がスマホ片手に並んでいて、車を入れた私たちもその後ろに付いた。

「なんでもうまいよ。海鮮丼も、煮物も、寿司《すし》も」

カウンター席のほか、テーブルが六つほど用意された店内は、しょうゆと酢飯、魚を煮る甘い香りで満たされていた。テーブル席につき、手書きのメニューを眺めて迷った挙句、智さんが頼んだのと同じ金目《きんめ》鯛《だい》の煮つけ定食を選ぶ。なんでも、朝に水揚げされなければメニューに載らないものらしく、食べられるのは幸運らしい。

店員が残していった冷たい麦茶を一口飲み、ふと、切り出し方に迷った。こんな、智さんが日頃くつろいでいる店でお金の話をするなんて悪いだろうか。いや、でも、せっかくここまで来たのだから、聞くべきことは聞かないと。

「あの、どうして屋敷のものを持ち出したんですか？」

「それは食ってからにしようよ。ここ、割とすぐに運んでくるからさ。あとでゆっくり。な？」

にこやかに言われて、口をつぐむ。それからまもなく、四角いお盆にたくさん皿を並べた豪華な定食が運ばれてきた。

小ぶりだけど肉厚の鯛は、箸《はし》で少しつつくだけでほろほろと身がほぐれた。口へ運ぶと、甘じょっぱい味付けと絡み合った香ばしい脂の風味が広がる。

「……おいしい」

「そうだろー、そうだろー。冬は脂がのってもっとうまいよ」

「いいですね、海のそばの暮らし」

「ははは、こっちに来たくなったらいつでも相談にのるよ」

ふっくらと炊けたご飯も、あら汁も、手作りらしいおしんこも、なにもかもがおいしくて箸が止まらない。ぜんぶ食べ終えるころには、少し食べ過ぎて苦しいぐらいだった。最近下腹がさあ、とぼやいてご飯を半分残した智さんはゆっくりとお茶をすすり、頃合いを見て「出ようか」と席を立った。

会計は智さんが持ってくれた。入り口近くで待っていると、智さんと顔見知りらしいレジのおかみさんが、気さくな様子でなにかを言い、智さんが「ああ、めいっこ」とあっさり答えているのが聞こえた。めいっこ、って確かにめいっこなんだけど、妙に小さな子供になった気分だ。浅く顎《あご》を引いて一礼し、智さんを待って店を出る。

「ごちそうさまでした」

「うん、じゃあ、次」

「次？」

「犬吠埼《いぬぼうさき》。こう、千葉県のさ、一番右のでっぱりに行こう。温泉があるよ」

私はなにをしに来たんだったか、よくわからなくなる。たしかに暑いし、にじんだ汗を流したらさっぱりするだろう。

小回りのきく智さんの車は地元の人しか知らなそうな細道をくねくねと進み、あっという間に私たちを海に面した高台の大きなホテルに運んだ。フロントでバスタオルなどの入浴セットを借り、それじゃ、と手を振る智さんと別れて女湯に入る。

コバルトブルーの太平洋《たいへいよう》を一望できる大浴場で熱い湯につかりながら、なにか変だな、と思う。私はそんな、智さんに歓待される立場ではないはずだ。私は過去に智さんが屋敷から盗んだものを確認しに来たわけで、更には彼がうだつの上がらない無職の中年だった頃を知っていて、煙たがられるならともかく歓迎されるわけがない。こんな接待まがいのことをして、盗んだ事実をうやむやにするつもりだろうか。

そこまで考えて、いやになった。

遠くから訪ねてきた親族をもてなす。喜ばせようと、案内する。そんな単純な物事を、なにも構えずただありがとうと受け取れない自分が、自分の家が、半生が、心の底からいやになった。

目の前の海をすくうように、お湯を両手ですくい、メイクを落とした顔にばしゃりとかける。メイクをしなおそうかと思っていたけれど、やめた。眉毛《まゆげ》だけ描いて、あとはすっぴんでここを出よう。だって、智さんは、家族だ。

湯上がりでいっそう気の抜けた佇《たたず》まいになった智さんとロビーで落ち合い、自販機で買った瓶詰の牛乳を飲んだ。まったりとした冷たい甘さが、心地よく喉《のど》を滑り落ちていく。唐突に、ラムネを飲んでいた智さんが気の抜けた口調でしゃべりだした。

「明日香ちゃん、湯上がりは牛乳派？」

「はあ、なんとなく」

「子供の頃、よく家族でこういう海辺の温泉地に遊びに来たんだ。母親が少し腰が悪かったから、その湯治も兼ねてさ。湯上がりに、兄貴もよく牛乳を飲んでたよ。栄養があって、賢くなるからって。それでラムネとかコーラとか飲んでる俺ばっかり、母親に歯が溶けるぞって脅されるんだ。悪だくみや火遊びにぜんぜん付き合ってくれない、つまんない兄貴だったよ」

「私は味が好きで飲んでるだけだけど……」

温泉地で澄まし顔で牛乳を飲む幼い父、ふくれっ面でそっぽをむく幼い叔父《おじ》を想像して思わず笑いがこぼれた。思えば小さい頃から、なぜか私の周囲では湯上がりは牛乳と決まっていた。父と母の好みだろう。そうやって無意識のうちに、味覚は作られていくのだ。

「一度、あまりに旅行が楽しいから、兄貴に最終日に迷子になろうって持ちかけたんだ。遅くなれば、否応《いやおう》なく延泊するしかなくなるだろう？　そうしたら兄貴は信じられないって顔をして、明日、病院に来る患者さんはどうするんだ？　って。そのとき兄貴は十歳かそこらだぜ？　やんなっちゃうよなあ。そのとき、俺と兄貴は一生仲良くならないなってわかったよ」

「私とお兄ちゃんみたい」

「そうなの？」

「私も小さい頃、頭が良くて正しいことばっかり言う兄が、煙たくて仕方なかったです」

「そうかー、わかってくれるかあ」

智さんはくしゃりと目尻《めじり》にしわを寄せて笑う。智さんが嬉《うれ》しそうなことが、私まで嬉しかった。家族が機嫌よく、幸せそうだと安心する。

「父はそういう楽しい場所にずっといるってことが信じられなかったけど、智さんは、あの家を出て楽しい場所で暮らすことを選んだんですね」

「そうだよ。自分を幸せにできるのは自分しかいないんだ。幸せになろうと努力するのは、義務みたいなもんだよ」

誇らしげに言って瓶を捨て、それじゃあ行こうか、と智さんは席を立った。

海沿いを気楽な心地でドライブし、智さんが経営しているカフェへたどり着いた。ビーチにほど近い立地の、観光客向けの垢《あか》ぬけたカフェで、よく手入れのされた白壁が青空によく映えている。建物は二階建てで、一階にはウッドデッキも設けられており、今も二組のお客が甘そうなソースがたくさんかかったアイスの盛り合わせを食べていた。

カントリー調の家具で統一された店内は七割ほど席が埋まっていた。ランチタイムでもないのにこれだけ入っているということは、結構人気店なのではないか。レジ後方の壁に大きく貼られたイラスト入りのメニューによると、スパゲッティやピザといった洋食がメインで、他はアイス、パフェ、手作りゼリーなど、冷たいスイーツに力を注いでいるようだ。

智さんは店に入るとレジに入っていた学生っぽい青年にひらりと片手を上げ、二階空いてる？　と聞いた。はい、と頷《うなず》いた青年に、じゃあコーヒー二つね、と告げて入り口から右手方向にある木製の階段を上った。私も青年に会釈し、あとに続く。

開放的で入りやすい一階に比べ、二階はどこか親密で、カフェというよりも喫茶店、もしくはアトリエっぽい雰囲気があった。壁のあちこちに版画やイラストが飾られ、席数は少なく、椅子の代わりにソファが置かれたりと、洒落《しゃれ》ている。

「たまに、この辺に住んでいるクリエイターの個展や、ライブもやってるんだ」

二階にお客の姿はなく、智さんは窓辺の一人掛けソファに腰を下ろした。私も向かいのソファに座る。まもなくさっきの青年が、コーヒーを二つ運んできた。

「俺の親族で、この店に来たのは明日香ちゃんが初めてだよ。奥さんの家族はちょこちょこ来てるんだけどさ」

「奥さんは、今日は？」

「厨房《ちゅうぼう》に入ってる。もともとね、彼女が料理好きで始めた店なんだ」

「あとでご挨拶《あいさつ》させて下さい」

「うん」

ふ、と軽い沈黙が落ちた。私は湯気の立つコーヒーを一口する。智さんは右手の人差し指のささくれを気にするそぶりを見せ、やがて私の顔を見てゆっくりとしゃべりだした。

「家のものを持ち出したのは本当だよ。母親の宝石と、着物がいくつかと、あと、時計かな。売り払って、この店の頭金にした。でもそれのなにが問題なのか、俺にはさっぱりわからない。家督を継いだのは兄貴でも、俺があの家に生まれたことに変わりはない。そうだろ？　本当ならその何十倍もの金を兄貴と分けて相続するはずだったんだ。……明日香ちゃんは、俺を卑怯者《ひきょうもの》だって思うか」

　思う。少なくとも、胸を張れることではないと思っていた、はずだった。それなのに、私はいつしか、智さんと仲良くしたいと思っていた。智さんの言うことを信じ、肯定して、優しい家族のままでいて欲しい。

「……智さんがやってきたとき、屋敷の所有権は父にあって、智さんは父と実際に話していたと聞きました。父が黙認し、その後なんの措置もとらなかったなら、私がどうこう言う筋合いはないです」

「誰に聞いたんだい」

　智さんはにやにやと笑っている。私も合わせて口角を上げた。私も智さんも、息苦しいくらい厳格で秩序だった、かつての屋敷を知っている。あの家に妃美子のような女が入り込んでいたなんて、たちの悪い冗談みたいだ。馬鹿馬鹿しくて、笑うしかない。

「あの、それで二階のピアノの鍵は……」

「一応探してみたんだけど、なかったな。鍵だけで売れるわけがないし、持ってきたものに紛れていたならわかったと思うよ。たぶん、まだ屋敷にあるんじゃないか？」

「そう……ありがとうございます」

「さすが親父のピアノだよ。売るときにも一筋縄ではいかないかあ」

どこか楽しげに言う智さんの、声の明るさに違和感を持った。あの厳しい屋敷で育ち、学業でも仕事でも成果を出せず、半ば見捨てられる形で勘当された彼が、それほど自分の父親には悪い感情を持っていないように聞こえた。

「聞いてみたかったんですけど……私のおじいちゃんって、どんな人だったんでしょうか」

「え、一緒に暮らしてただろ」

「なんていうか、私の目にどう見えたかっていうのと、お父さんや智さんにとってどんな存在だったかっていうのは、ちょっと違う気がして」

「どんな存在……どんな存在か」

智さんはコーヒーを飲み、窓の外の海に数秒目線を投げた。

「親父はすごい人だったよ。大戦中はニューギニアに行って、自分の頭から噴き出した血を鉢巻きで縛り止めて仲間を助けてたってんだから、ちょっとした化け物だよな。子供の頃にさ、しょっちゅう見知らぬ爺《じい》さんが訪ねてきて、親父に取り縋《すが》って泣くんだよ。先生に命を救われた、ありがとう、ありがとうって」

「そんなキングコングみたいな人だったんだ」

すごい血が自分の中に入っているものだ、となんだかおかしくなる。智さんも半笑いで肩をすくめた。

「親父には明確になにかの才能があった。変な話、患者をパッと診ただけでそいつがどこが痛いか、どのくらい痛いか、放っておいたらどのくらいで死ぬかわかっちまうんだと。俺は親父みたいになりたかったけど、だんだん自分にはそういう才能はないってのがわかってきて、別の道を探した。でも兄貴は、俺以上にどっぷりあの人に惚《ほ》れ込んでたから、必死に勉強して後を継いだ。俺たちにとってどんな存在だったかって、簡単に言うと尊敬する立派な親父だよ」

　意外だった。私はむしろ厳格で高潔な祖父を、屋敷の重苦しさの象徴、不幸の元凶であるように感じてきた節があった。

「私は……お父さんや智さんを、おじいちゃんの被害者みたいに思ってました」

「なんの被害者？」

「立派さの。医院も、無理矢理継がされたのかなって」

　肩を揺らし、智さんはさもおかしげに笑う。

「むしろ親父は、自分の才能が息子二人のどっちにも受け継がれてないのをわかってて、病院を売り払うことも考えてたらしい。ただ、鷹光くんの出来がいいのを見て、気が変わったんだ」

「え、お兄ちゃん？」

　ここで兄の名前が出るとは思わなかった。智さんはあっさりと頷く。

「ほら、ピアノのレッスンがあっただろう。親父の感覚では、音楽の才能と医者の才能はすぐ近いところにあるんだって。だけど俺と兄貴はどれだけレッスンを受けても、後ろで鳴ってる音がドなのかソなのかすらわからなかった。それに比べて鷹光くんは小さい頃から音感があったし、親父のレッスンにもついて行けた。勉強の出来も良くて、利発で人に好かれる。親父はやっと自分の跡継ぎが生まれたって、嬉しかったんだろうな」

「……ピアノで医者の才能を測るなんて、変じゃない？　本当に関係あるの？」

「仕方ないさ、うちでは親父が神様だったんだ。そのぐらいの理不尽は、どこの家にだってあるよ」

「……じゃあ、お父さんが錦野医院を継いだのは……最終的に、お兄ちゃんに医院を渡すためだったんだ。しかも、お兄ちゃんのためでも、自分のためでもなく、おじいちゃんを喜ばせるため……すごく、変な感じ。お父さんの人生がうまくいかなかったこと、その根っこの原因が、お祖父ちゃんへの愛情だったなんて」

「そんなに意外か？　よくある話じゃないか」

「でも愛情が、人生で悪い方に作用するなんて」

「明日香ちゃんは漫画家だからなあ。ロマンチストだ」

「えー」

「俺は、愛とか、愛情とかっていう単語に出会うたび、白くてでっかいなめくじを想像する」

「……ええ？」

「愛っていうのは、気持ちの悪い言葉だよ。使われるのは、基本的にそうじゃないものをそう見せようとするときだ。そしてその意味はどれだけ表現を変えたって、突き詰めれば誰かに干渉したいってことだ。その欲望が人生を悪い方に引っ張ったって、ぜんぜん驚くことじゃない。兄貴はきっと、自分を必要としない親父を変えたかったんだろう」

忠誠があんたのなかの愛なんだ、と冬馬は言った。

私が愛だと思っているものは、確かにどこか獰猛《どうもう》で、怒りに近い激しさがある。

愛ってなんだ。みんなが同じ感覚、同じ感情を連想する、この世で一番きれいなものじゃないのか。何気なく使っていた言葉が舌の上でうごめくなめくじに変わった気がして、私は口を押さえた。カップに残っていたコーヒーを一息に飲み干す。

ふ、と部屋の中に違和感を持った。

なんだろう、なにも変なことはない。智さんは少し体を傾けて窓から店の前の通りを眺めている。私の位置からも、ビーチから上がってきた海水浴客の頭がたくさん見える。この通りには智さんのカフェの他にも飲食店や土産物屋が並んでいる。みんな食事なり買い物なりに向かっているのだろう。熱と光で殴りつけてくるようだった太陽が輝きを弱め、辺りには夕暮れの気配が漂い始めていた。

視界の端に、なつかしい知人がいる。そんな感覚でなにげなく顔を動かした。

そこには、藍《あい》色の暗がりに佇む一人の男がいた。サリエリ。お父さん。違う。ああ、色々混ざりすぎだ。あれは、俵さんの、劇の。

「なんでこの作品がここに」

「ん？」

肩越しに振り返った智さんは、ああ、と穏やかな声を出した。

「なんだ、知ってるのかい。嬉しいな。木版画を着色したやつで、『はじまりの夜』っていうんだ」

「智さんの作品だったんですね」

「どこで見たの？ 何回か雑誌で紹介されたんだけど」

「芝居のチケットに使用されてましたよね」

「ああ、俵さんのか。俺もチケットもらって行ったよ。なかなか破滅的でいいよね」

私はソファを立ち、壁に飾られた青暗い版画に近づいた。こちらに背を向けた黒い服の男が藍色の平原に立ち尽くしている。閉鎖的で物悲しい絵だと思っていたけど、思いがけず明るいタイトルを聞くと少し印象が変わって見えた。なにもない、なにも見えないことが、かえって清々《すがすが》しくなる。

「そう言えば、昌子さんに聞いたんだけど、あの劇に出ていた泉冬馬くんだろう？ 明日香ちゃんの恋人って。いい役者だね、光ってた」

気がゆるんでいたからこそ、死角から伸びた手に心臓をつかまれたみたいに息が詰まった。

どうしてだめだったんだろう、と反射のように浮かぶ。どうしてだめだったんだろう。どうして、どうして。

「と、冬馬と、別れたばかりなんです」

「あら、そっか。悪いこと言ったな」

「いえ、でも、良かったのかもしれないです。前に付き合いのあった編集者にも、幸せになったら作品が読者を置き去りにするようになったって言われて」

「なんだそれ。編集さん、適当に言っただけじゃないか？」

「でも、色んな人が言うじゃないですか。クリエイターが幸せになったら、作品がつまらなくなるって。……智さんは結婚したとき、怖くなったりしませんでしたか？」

智さんはやけに大きなため息を落とし、呆《あき》れた口調で続けた。

「いいかい明日香ちゃん。わかっていないようだから教えてあげる。幸せだとか不幸だとか、結婚してるとかしてないとか、そんなことはどうでもいいんだ。クリエイターって人種は、その何倍も残酷な秤《はかり》で価値を測られる。持っているか、いないか。一かゼロの世界だ。明日香ちゃんだって、とっくにわかっているはずだろ？」

「そう……そうですね、そうかもしれません」

「自分を信じ、ただ愚直に、ぎりぎりまで思想を研ぎ続ける奴だけが生き残る。なんの責任もない他人の声にいちいち心を揺らすのは、その孤独を引き受ける覚悟が足りないってことだよ。そんなつまらない言葉に惑わず、自分の作品を追求しなさい」

強く迷いのない口調で言い切られ、きりきりと張りつめていた頭の緊張が和らぐのを感じた。社会人としてもクリエイターとしても、私よりずっと長く生き残ってきた男性に道を示されるとほっとする。力強くて正しいものに守られている気分だ。

気がつくと窓の外はすっかり暮れていた。黒い海に、満月がとろりとした光を垂らしている。二階にも客の姿が増えてきたため、私たちは店から歩いて数分の距離にある智さんの自宅へ移った。こぢんまりとしたアパートの三階で、夫婦それぞれの寝室とリビングの他、智さんの作業部屋があるようだった。

夕飯に、智さんが作ってくれたカフェの人気メニューだというナポリタンを食べていると、店を閉めた奥さんが帰ってきた。智さんより一回りは年下に見える。小柄で童顔な、舌っ足らずなしゃべり方をする人で、茶髪のショートカットの前髪だけを七色に染めている。

「いやもう、めいっこちゃんが斑木アスカだって聞いて驚いちゃった。もっと早くに教えてくれればいいのにい」

奥さんが持っていた『ノバラとナツオ』のコミックスにサインし、連載の裏話をしているうちに夜が更けた。叔父夫妻のリビングの本棚には、大量の漫画とゲームのディスクが詰め込まれていた。休日にはよく近所の海でサーフィンをしているらしい。

お風呂《ふろ》を借り、持参した寝間着に着替え、リビングに敷かれた客用布団に向かう。繁忙期で開店時間を早めているらしく、二人とも早めに床につくようだ。

「そういえば、明日香ちゃん、これ」

眠る間際に、パジャマ姿の智さんがてのひら二つ分ほどの大きさの平たい木箱を持ってきた。上蓋《うわぶた》にはガラスがはめ込まれ、花柄の布が貼られた内部が覗《のぞ》けるようになっている。箱の中はいくつもの小部屋で区切られていた。

「中身は全部売っちゃったけど、母親の宝石箱だ。よければ持って行って。いらなかったら、屋敷のゴミと一緒に捨ててくれないか」

「わかりました」

「微妙に捨てにくかったんだ。来てもらえてよかったよ。……屋敷の片付けはどう？　順調かい」

「はい、だいたい終わりが見えてきました」

「片付けが終わったら、建物はどうするんだ？」

「まだ決めていなくて……ただ、取り壊すより、なんらかの形で残していけたらと……」

言い終わるよりも先に、智さんの顔がパッと嬉しそうに輝いた。

「そういうことならいつでも相談してくれ！　これでも、ずいぶん長く店をやってきたんだ。いいアドバイスが出来ると思うよ」

「あ、ありがとうございます」

思いがけない反応の良さに少し戸惑いつつ、おやすみ、と声をかけ合って部屋の電気を消した。布団へ横たわる。私の家のものよりも少し固い、ざらざらしたシーツの肌触り。他人の家の匂いを吸い込み、眼をつむる。

翌朝、近くの海岸に足を延ばして宝石箱に入れる貝を拾った。カフェが開く前に智さんの車で銚子駅に送ってもらい、私はまた二時間電車に揺られて、海から遠く離れた一人のマンションへ帰った。

荷物を玄関に下ろし、歩き疲れた足をパンプスから抜く。

「あ」

つっかかりを感じて目線を下げると、膝丈ストッキングの爪先《つまさき》が破れ、左の親指が半分飛び出ていた。爪先の生地をつまんで引っ張り、裸足《はだし》になる。まだ無事なもう一方も脱いで、二つまとめてキッチンのゴミ箱へ放った。ついでに冷蔵庫から水を取り出し、コップに注いで一息にあおる。

冷たい水が一本の川となって体を下り、はあ、と深く息を吐いた。

息苦しかったんだ、とまるで夢から覚めたように気がついた。

親切にしてもらい、悩みを聞いてもらい、おいしいご飯を食べさせてもらって、それでも、私は銚子にいる間ずっと、息苦しかった。早く自分の家に帰りたかった。あそこは智さんの場所だ。智さんの言うことが正しいことになる場所だ。楽ちんだけど窮屈な、この感覚は久しぶりだ。子どもの頃は、いつもこんな場所にいた気がする。

ふと、リビングに置いた黒い楽器に目が行った。

冬馬がいなくなってから、私は一度も電子ピアノに触れていない。

きっと私は別に、ピアノなんて弾きたくなかったのだ。ただ誰かに「家族を大切にする良い子」だと思われたかった。私を選ばなかった父や祖父が間違っていたのだと言われたかった。その役割を冬馬に期待した。

流しの蛇口が青白く光っている。なんとなく、台所の床にしゃがんだ。

静かだった。冷蔵庫のうなり声が聞こえる。虫がどこかで鳴いている。車のエンジン音。水が流れている。耳で追いかけると、夜が広がっていくようだ。

11

私を幸せにしてくれてありがとう、と書き込まれたふき出しをじっと眺める。

「なにしてるの？」

「漫画を描いてるの」

「えー！　漫画！」

「私のお仕事なの、これが」

小さな気配がすぐそばにとどまり、膝《ひざ》の上のノートを覗《のぞ》き込んでくる。まなざしが、存在が、肘《ひじ》の辺りにのせられた指がほのかに温かい。

「どんな漫画の？」

「どんなって、うーん」

一言で言い表せるなら、漫画になんて描いていない。顔を向けると、男の子はこちらを見上げて辛抱強く言葉を待っていた。

「辛《つら》い思いをした人が、幸せになる漫画」

「ふーん」

「でも、あんまりうまく作れなかったんだ」

「なんで？」

なんでだろう。ネームノートのページをめくる。ページによって、描き込みの密度はだいぶ違う。男の子は登場人物の目がアップになったコマを見て、きらきら、と小さく言った。

「本当にそうだって思ってることじゃなくて、そうだといいなあって期待してることを描いちゃったからかな。ほら、前に兵隊とかコックとかで一緒に遊んだでしょ？　君みたいに兵隊はこう考えてて、でもコックは違って、ってそれぞれをちゃんと動かすんじゃなくて……みんな王様が大好きです、だから王様は幸せになりました、って話を作っちゃった」

「だめじゃん」

「だめだよねえ」

男の子はふはっと甘い息を吐き出して笑い、でも、と小さな声で付け足した。

「僕もやったことあるよ」

「そうなの？」

「うん。さみしいときによくやった。そういう遊びは、終わったときにもっとさみしくなるんだ」

私たちのことが好きだったんじゃなくて、ただ家族ごっこがしたかったんだろうね。そう笑ったのは、妃美子だったか。父の家族ごっこと私の恋愛ごっこに、どれだけの差があっただろう。

片付けに疲れると私は二階のソファに腰掛けてネームのノートを開いた。『ノバラとナツオ』のドラマ化に伴う増ページの他、『雨が降っても晴れた部屋』も前半の山場を迎え、仕事はこの上なく詰まっている。繰り返しページをめくり、セリフや流れを確認して細かな修正を重ねた。屋敷で顔を合わせるたび、私はねだられるまま男の子に執筆途中の原稿について語り聞かせた。あらすじを説明するのは物語の骨子を把握し、シーンの余分を削《そ》いでいく上でありがたかった。

私が実際に手を動かして作業をしている間、男の子は適当にその辺の物を引っ張り出しておもちゃにして遊んでいた。時々、「ねえこれ捨てていい？」とおそるおそる聞く。いいよ、と生返事をすると、やけに嬉《うれ》しそうにぽいっとゴミ袋に放り込んだ。引っ越しとか、あまりしたことがないのだろう。物を捨てるという体験自体が珍しいのかもしれない。

「ねえその話、幸せになる？」

『雨が降っても晴れた部屋』の終盤を聞き、男の子は首を傾げた。

「なるよ、きっとなる」

それは、私が初めに想定したようなハッピーエンドではないかもしれないけれど。

ネームに書き込んだ、私を幸せにしてくれてありがとう、の一文に、息を止めてキッと二重線を引く。

あまり使われていなかった二階の整理は、累積した生活の痕跡《こんせき》を片付ける一手間がなくなった分、一階よりスムーズに進むかに思えた。だけど手をつけてすぐ、私は自分の見通しの甘さを悔いることになった。

なにげない戸棚や引き出しの一つ一つにぱんぱんにものが詰め込まれ、その密度は一階の比ではなかった。しかも、しまわれているものがよくわからない。用途不明のコード類、数十年前の書類や封書、未開封の土産物と、埃《ほこり》をかぶったなんらかの生活雑貨。いずれ使うつもりだったのだろう無数の空き箱や紙袋。価値のあるなし以前に、処分の方法に迷うものも多かった。収納棚や押し入れには、風呂敷《ふろしき》に包まれた古い衣服が地層のように詰め込まれている。

祖父の書斎の本なんて、どれだけ量が多くてもそれがなんであるか、どう処分すればいいか明確なだけかわいいものだった。よくわからないものをよくわからないものとして手探りでゴミ袋に差し込みながら、私はもやもやとした疲れを感じた。

これが断絶だ。わからないということ。情報は失われ、もうこの世のどこにも残っていない。たった今私が捨てたものはなんなのか、祖父母にとってどういうものだったのか、なぜこんなものが保管されていたのか。考えても仕方がない無数の疑問符も一緒に流し込んでゴミ袋の口を縛る。

少し期待していたものの、書斎の机の引き出しにもピアノの鍵《かぎ》は見つからなかった。引き出しからざくざくとあふれた万年筆とライターを後日アンティークショップに持って行く箱に移して息を吐く。

智さんのもとを訪れて一ヶ月。締め切りの合間を縫って週に三度ほどのペースで通い、ようやく二階の半分を片付けた。智さんの部屋はやはり佳蓮が使っていたらしく、残された衣服やおもちゃ、漫画本などを甘いような苦いような気分で片付けた。兵士や王様のイラストが描かれたキッチン用品は、あの男の子が欲しがるかと思って残しておいた。

リビングは家具も収納も少なく楽だったが、祖父の書斎は本の上げ下ろしがしんどくて手間取った。古本屋に出張引き取りを頼んだところ、医療関連の貴重な蔵書がいくつか含まれていたらしく店主にずいぶん喜ばれた。

祖父が生涯をかけて集めた様々な本は、きっと彼の中で細かに関連し合う複雑な宇宙を構成していただろう。叡智《えいち》は拡散し、再びそれを必要とする誰かの元へ向かった。空っぽの本棚を見上げ、まるで祖父の脳を売り払ったみたいだと思う。善なのか罪なのかよくわからない。ただ、ここに保管しておいてもページが虫に食われるだけだ。

一人、ただ黙々と手を動かし続けるうちに、私は認めざるを得なかった。確かにこの家には価値があった。祖父母がこの世からかき集めた素晴らしいものたち。誰かが後を継いでこの資産を維持できるなら、それに越したことはなかったのだろう。

私がもしも祖父の娘だったら、この屋敷を出られなかったかもしれない。祖父母の意志に自分の意志を重ね、大きく大きく間違えて、彼らを喜ばせることを第一に生きようとしたかもしれない。

だから、父が失敗してくれて良かった。

残酷な思いつきに暗澹《あんたん》として、古いピアノを撫《な》でる。結局、鍵は見つからない。残る探し場所といえば季節用品の他、刺繍《ししゅう》や絵画など祖母の趣味の品々が収納された屋根裏部屋ぐらいだ。

ビィイイ、とくぐもったベルの音が鳴り響いた。また頼んでおいた引き取り業者がやってきたのだろうか。家具だったか、食器だったか。スケジュール帳の書き込みを思い返しつつ、一階へ向かう。来客の際、いちいち庭を突っ切って門まで向かわなければならないのがめんどくさい。

玄関を出ると、門の向こう側には見知らぬ少女が立っていた。

真っ直ぐな黒髪を顎《あご》の長さで切りそろえ、厚みのあるボブにしている。桜色の唇がぷくりとふくらんだあどけない顔立ちだが、目の辺りに少々きつさがある。真っ白い半袖《はんそで》シャツ、赤いリボンタイ、太ももの半ばまでしか隠していないボックススカートに、紺のハイソックス。どこからどうみても、少し気むずかしそうな女子高生だ。

女子高生に、知り合いはいない。なんだろうと足早に駆け寄る。門を挟んで相対した少女は、唇を緊張気味に尖《とが》らせ、強《こわ》ばった声で切り出した。

「にしきの、かずゆき……さん、の、娘さん？」

「……そうだけど」

「鍵を探してるってママから聞いて」

ママ？　と考え込んだのは一瞬だった。

「もしかして……佳蓮ちゃん？」

唇をきゅっと結んだ少女は、わずかに顎を引いて頷《うなず》いた。

あら、といつも赤いエプロンをしているカフェ「カメリア」の女店主は佳蓮を見て微笑んだ。

「最近来てなかったね。部活、忙しいんでしょう。いつものやつでいい？」

「え、あ、ええと」

佳蓮は戸惑った様子で私を振り返る。私は、なんでもいいよ、と頷いた。屋敷の一階はだいぶ家具を運び出してしまったし、二階は片付けの途中で散らかっているため、とりあえずワッフルでも食べよう、と私から佳蓮を連れ出したのだ。ここは奢《おご》ることにしている。

向かい合ってテーブルにつき、改めて見ると、佳蓮と妃美子はよく似ていた。顔立ちが甘く気だるげで、向き合ったときの印象が柔らかい。ただ佳蓮の方は、そこに思春期特有の引き絞られた弓のような緊張感が混ざり込み、どこか放っておけない空気を醸し出している。

「学校帰り？　わざわざありがとう」

いえ、と佳蓮は口ごもる。彼女はうつむきがちで目線が合わず、なかなか用件を切り出さない。むずかしい年頃だ、と彼女が座っているのと同じ席でぼやいていた妃美子の姿を思いだし、仕方なく私から水を向けた。

「私がピアノの鍵を探してるのを妃美子さんから聞いて、会いに来てくれたの？」

「はい」

「あなたは、鍵の場所を知ってるの？」

「私が隠したので」

どうして、と言葉にするのではなく、一つ頷いて先をうながす。下唇を突き出した佳蓮はしばらく黙り、ためらいつつ切り出した。

「アタマおかしいって思われるかもしれないんですけど、おと……に、しきのさんが、二階に幽霊が出るってうるさくて」

「幽霊？」

幽霊をやっつける、とあの男の子は言っていた。

「幽霊が、夜中にピアノを弾くんだって。だから、出ないようにするにはピアノのふたを閉めなきゃいけなくて、でも自分じゃあ幽霊に負けちゃうかもしれないから、私が鍵をかけて、その鍵を自分の知らないところに隠せって……頼まれたんです」

「幽霊が、ピアノを弾く？」

「私は二階で寝てたけど、そんなの聞いたことないし……正直、馬鹿馬鹿しかったんですけど、やたらうるさく言うからしょうがなく隠しました。ぜったいあの人にはわかんないだろうって場所に」

佳蓮が告げた隠し場所は、あっけなさ過ぎて拍子抜けするぐらいだった。十分で戻るね、と告げて席を立ち、小走りで屋敷に向かった。言われた通りにキッチンへ入る。流しの下の両開きの扉には、かつて賞味期限が五年以上切れたしょうゆやみりんなどの調味料がこれでもかというぐらいに詰め込まれていた。この辺を掃除した際にまとめてゴミにだしたので、もう中は空っぽだ。腕を差し入れ、手のひらで内側の壁を探る。すぐにつるりとしたガムテープの感触に行き当たった。端っこを爪で搔《か》いて浮かせ、べりっと剝《は》ぎ取る。

ガムテープの中央に貼り付けられていたのは、薬指ほどの長さの美しい金色の鍵だった。

お父さん、流しの下を掃除しようとか一度も思わなかったんだろうなあ。

悲しいような苦いような心地でガムテープを捨て、カメリアへ戻る。佳蓮は生クリームとバニラアイスをトッピングしたワッフルにメープルシロップをたっぷりかけたものを、テンポよく口へ運んでいた。

すごいボリュームだな、と圧倒されつつ近づく。私に気づき、彼女は少し居心地悪そうに開ける口を小さくした。

「あったよ、ありがとう」

持ってきた鍵を示すと、佳蓮のまなざしがふっと和らいだ。触りたそうに見えたので鍵を渡す。鍵の縁をなぞり、うん、と一つ頷いて私に返した。

「間違いないです。同じ場所にありました？」

「うん。言われた通りの場所」

「そう……ですか」

心なしかうつむいた佳蓮の声には、なんらかの感情、嬉《うれ》しいとか、悲しいとか、その混ざり合ったものが色濃くにじみ出していた。ぐちゃぐちゃと混濁しながら燃えている未整理の心が、幼い体の中で暴れているのが見えるみたいだった。

『ひとり荒野で踊るなら』を描いていた頃の私は、きっと彼女とよく似た姿をしていたのだろう。黙って眺めていると、赤いエプロンの女がコーヒーを運んできた。そういえば注文したまま忘れていた。湯気を立てる液体を一口すすり、息を吐く。

ナイフとフォークを皿の端へ置き、佳蓮は慎重に口を開いた。

「あの、聞きたいんですけど」

「うん」

「普通の家に生まれたかったって思うこと、ありますか」

ふつうのいえ、と反芻《はんすう》する。佳蓮は真剣な顔をしていた。普通の家なんてないよ、とか、そんな言葉遊びでかわしてはいけない質問なのだと感じた。

「あったよ」

「あった」

「うん。だけど、今はもう思わない」

「どうして？」

「あなたは、自分の人生が普通じゃないって思うんだね」

あえて言葉にする。佳蓮は唇を結び、目線を下げた。濡《ぬ》れた筆を滑らせたみたいに、すうっと少女の目尻《めじり》に潤みがのった。

「別に言ったっていいんだよ。悪いことじゃない」

「普通じゃ、ない」

宣言する佳蓮の右目の縁で透明な涙が玉を結び、ぽつりと膝へしたたり落ちた。うん、と私は頷いた。

「普通じゃないって思う人生は、困ったり、寂しかったり、大変だけど、それ以外の人生ではわからないことがたくさんわかるよ。わかったものは、あなただけのものだよ。辛いことを生き延びた先で、すごくきれいな景色を見られるよ」

「あなたはその景色を見たの？」

「まだ、これから見に行くところ」

「見てないのにわかるの？」

「わかるよ」

　だって私はもう、父が私を、私が望むようには愛していなかったとしても、いいと思っている。それがそれほど珍しい不幸ではないと知っている。残念だけど、それだけだ。傷つかないし、立ち止まらない。そんな確信を得た世界はきっと、これまでになく明るくて自由だ。

　それから佳蓮は言葉を途切れさせながら、ゆっくりと、母親が嫌いだと打ち明けた。

「あの人は……からっぽなの。いつだって一緒に暮らしてる男の人の言いなりで、自分の意見なんかぜんぜんなくて、それがおかしいことだなんてこれっぽっちも思わないの。……時々、気が狂いそうになる。家の中で私だけが間違ってるみたいな感じで、わって叫んで、ものすごく酷《ひど》いことを言って、めちゃくちゃに暴れたくなる」

　ゆったりと笑う妃美子を思う。本当は優しい人だと、私の父を許していた妃美子。娘の目には、こんな風に映っていたのか。

「妃美子さんとあなたは違う人だよ。妃美子さんは妃美子さんで、自分に合う生き方を選んだんだ。だからあなたも、自分に合う生き方を選べばいい」

いつか、妃美子が私によく似たことをとても温かい声で言ってくれた。懐かしく思い出しながら、彼女とは真逆のことを口に上らせる。

「無理に愛さなくていいし、愛されなくていいんだ。自分とは違うってそれだけを思って、憎むより先に遠ざかろう。私はそう、思う」

食べかけのワッフルの皿に目を落とし、佳蓮はしばらく声も出さずに泣いていた。私は黙ってコーヒーを飲んだ。

あなたの漫画にはこんがらがったものを根気よくほぐして、別のものに変えようとする力が働いているね。

ふと、耳の内側に、静かな声がよみがえった。誰かにそんな風に言われたことがあった。石本か、それとも他の編集者だっただろうか。こんがらがったものを別のものに。ほぐすことで、憎むことをやめられるなら、そんな作品が作れたらとても素敵だ、と思った日があった。

「ああ、わかった」

「え？」

「私、漫画描いてるの。斑木アスカって名前で……知らないかな？」

「漫画？　すごい。読んだことないけど、名前は聞いたことある気がする」

「あのね、それで……大丈夫だから。どれだけ一人になったって、周りにあなたを理解してくれる人がいなくたって、必ずこの世にはあなたと近い気持ちを持ったクリエイターがいて、漫画とか、音楽とか、演劇とか、小説とか、作ってるの。だから、なにを拒んでも大丈夫。絶対に一人にはならないよ」

「……作品とか、この世に山ほどあるんだけど、見つけられるかな」

「探せば、必ず。運命みたいに会えるよ」

私はただ過去をネタに作品を描いてたんじゃない。過去の私を、そしてもしかしたら私みたいな子供や大人を、一人にしないために漫画を描いていたんだ。なんだ、そういうことだったのか。それなら、やるべきことはとてもシンプルだ。

佳蓮は頰に涙を貼り付けたままナイフとフォークをとり、丁寧に残りのワッフルを食べ始めた。午後の光が差し込む店内は静かで、カトラリーが皿に触れるかすかな音が小さな鈴みたいに響いていた。

別れ際に、私たちはメールアドレスを交換した。女子高生の友達は初めてだよ、と言うと、佳蓮は唇の端を持ち上げてちょっと笑った。

屋敷に戻り、持ち帰った鍵をピアノの鍵穴に差し込もうとして、やめる。

開けちゃだめ、と幼い声が耳によみがえった。鍵を、閉じたピアノのふたにのせる。

あの子は誰なんだろう。考えるのを止めていた問いが、水に沈めた果物のようにぷかりと浮き上がった。あの子は、父なんじゃないか。もういない父が、あの子の口を借りてしゃべっているんじゃないか。馬鹿馬鹿しすぎて考えないようにしていた。だけど一度考え始めてしまえば止まらない。日暮れのリビングをぼうっと眺めたまま、思考だけがぐんぐん膨らみ、回転を速めていく。この感覚は馴染《なじ》みがある。物語が生まれる瞬間の昂揚《こうよう》だ。

私は、初めに『雨が降っても晴れた部屋』を描いたときと同じ間違いを犯そうとしているのだろうか。こうだったらいい、という期待で目を曇らせて、なんて馬鹿な、学ばない、浅ましい、そんな空想はするべきじゃない。

本当に、そうだろうか。強い強い一辺倒な否定は、考えを止めて目を背けるという意味で、空想で目を塞《ふさ》ぐことと同じなのではないか。

あの子は、父なのかもしれない。父じゃないのかもしれない。

カーテンから差し込む西日を受けて、金色の鍵はほのかな橙色《だいだいいろ》に染まっている。夕焼け小焼けで日が暮れる。遠くから流れてくるメロディを口ずさみ、帰り支度をして屋敷を出た。

12

「あなたたちのこれからの人生を、どうか僕に守らせて下さい」

顔を真っ赤にした男は目を閉じている。見開かれた女の目のアップ。女は男の濡《ぬ》れたスーツの肩と、暗い夜空から降ってくる雨に気づき、中へとうながす。男は頭を下げたまま首を振る。

二人、雨の降る玄関先で立ち尽くす。女の指先が一瞬泳ぎ、すぐに垂れる。

「タチバナさん、私ね、タチバナさんに守ってもらわなくてもだいじょうぶなんです。ちゃんとおうちがあって、仕事もあって、子どもたちも元気なの」

「でも、それは」

「もしうまくいかなくなっても、私の部屋にはきっとこの先、いつだってピアノがあるの。あなたが守ってくれたピアノ。だから辛《つら》くなってもちゃんと頑張れるし、そう思える自分が好きなの。わかります？　そういう風になれたのは、タチバナさんのおかげなの。今は、始まったばかりのこの人生を、しっかり味わいたいと思います」

男が小雨に濡れていく。女がてのひらで男の髪や肩、背中をぬぐう。戦友的な握手以外の、初めての接触。濡れた指先から弾む水滴の表現に注意。

「私の人生を大切にしてくれてありがとう。一緒には行けないけど、彼氏とか夫とか、そんな呼び名で保証されるよりよほど深く、私の一部みたいに、あなたを大切に思っています」

雨に濡れて、二人とも泣いているのかわからない顔をしている。背筋を伸ばした男がこれまで通り礼儀正しく正面から片手を差しだし、女もまた握り返す。握手のアップから、男が搭乗口へ向かう空港のシーンへ。

ずいぶん変えてきましたね、と最終話のネームを読み終えた片貝は難しい顔で低くうなった。

「私は、初めの終わり方も好きでしたよ？　好きな人と結ばれたから幸せになるって、ある意味当たり前のシンプルな構造で、だからこそ主人公と一緒に読者を恋に落とすことが出来る。おー斑木さんここに来たかーって嬉《うれ》しかったんです」

「すみません、ぎりぎりまでご迷惑をかけて」

「まあそうだよね、あなたは人の言うことなんか聞かないよね。今もさりげなくかわしてるしね」

もう一度丁寧に後半のページをめくり、片貝は苦く息を吐いた。

「でも、やっぱりいいね、最後のセリフ。『私の人生を大切にしてくれてありがとう』。悔しいけど、こちらの方が斑木さんらしいです」

「ふふん」

「調子に乗らないで下さい、まだまだわかりにくいからね。うちはラムダみたいに衒学《げんがく》的な路線はだめですから。方向性は反対しません。でも、もっとシーンを噛《か》み砕いて、セリフは減らしていきましょう。最後までしっかり苦しんで下さい」

「はい」

「じゃあ冒頭、タチバナが転勤をチアキに伝えるシーンから」

熱の入った打ち合わせは三時間に及んだ。出版社を出て、ふらふらとおぼつかない足取りで電車に乗り、家路とは違う路線に乗り換える。下車し、屋敷へ続く通い慣れた道を辿《たど》った。

モールのついた銀色の鍵《かぎ》で玄関の扉を開き、中に入る。物を処分し、家具を減らした室内は広々としてとても明るい。習慣として窓を開ける。金木犀《きんもくせい》の香りが混ざった涼しい風が通り抜けていく。階段を上って二階に向かい、祖父母の寝室の小階段から屋根裏部屋に上がった。

片付けも、もう段ボール数箱を残すのみとなった。いつ詰め込まれたのかも定かではない古い荷物に値打ち物は少なく、箱を開けてはゴミの分類を考えるのがルーチンワークになっている。

残り一箱というところで、それは現れた。埃《ほこり》でざらつく箱にぎっしりと詰め込まれた、小さな長方形の、光沢のある黒いもの。

カセットテープだ。懐かしくなって、何本か引き抜いてみる。「荒井由実《あらいゆみ》」「海援隊《かいえんたい》」「REBECCA」「ベートーヴェンⅢ」「林家三平《はやしやさんぺい》ラジオ寄席」など、バラエティに富んだ手書きのラベルが貼られている。ラベルが剝《は》がれ、もしくはかすれて読めなくなっているものも多い。ちょっと聴きたいな、と思うもこの家にテープレコーダーは見当たらない。きっと故障して廃棄したきりなのだろう。テープだけが、いつか聴くかもしれない、もったいない、と残された。母と歌った「夕焼け小焼け」も、この中に紛れていることだろう。

私はこれらの思い出を、過去を、なつかしく思い、愛《いと》しく思い、だけど再生せずに捨てていく。テープレコーダーを用意するのが面倒くさい。荒井由実の歌だって、こんなテープよりずっと音質のいいものが簡単に購入できる時代になった。なによりも大きな理由は、必要ないからだ。昔は大切だったし、それがなければ生きられなかった。でももう、いらない。

山のようなカセットテープをまとめて燃えるゴミの袋に流し込む。段ボールを潰《つぶ》し、最後の作業を終えた。

これでもう、私の手で出来ることはすべて終わった。あとは手配した業者に売るものや捨てるものを引き渡すだけだ。建物は内装をリフォームして賃貸に回すよう、不動産会社と交渉に入っている。

肩から力がしゅるしゅると抜けていく。ひとまず潰した段ボールと今日の分のゴミを屋根裏から下ろし、二階の廊下に放り出した。帰りに玄関ホールへ運び、また別に、溜《た》まったゴミを車でゴミ処理場へ運ぶ日を作ることにする。持ってきたお茶とお菓子で一休みしようとリビングへ向かう。

違和感の原因に初めは気づかなかった。

ピアノのふたが、開いている。

男の子は白い鍵盤《けんばん》を眺め、一人でぽつんとソファの端に座っていた。

「幽霊は、やっつけられた？」

こちらを振り返り、彼は気の抜けた顔で首を振る。厚く切られた前髪がさらさらと揺れた。

「残念だったね」

深く頷き、男の子はまたピアノを見た。私は彼の隣でコンビニのビニール袋を開き、メロンパンと紅茶を取り出した。半分いる？　と聞くも、男の子はまた首を振る。徐々に明るさを失っていく庭を見ながら、一人で甘いパンを味わった。無糖の紅茶を飲み、また頬ばる。ふう、と一つ息を吐く。

「幽霊は強かったの？」

長い沈黙のあと、幽霊は、と男の子は小さな声で切り出した。

「僕が弱虫で、つまんない奴だから、仲良くしないって行っちゃった」

「やっつけるんじゃなくて、本当は仲良くなりたかったの？」

うん、と男の子は頷く。それは、わかる気がする。私も、仲良くなりたかった人を攻撃してばかりだった。彼の心はまだ消えた幽霊に向かっているのだろう。声も表情もどこか上の空で、私と会話をしていても、私のことは見ていない。

ああ、と鈍く声が漏れた。

きっとそうだった。あなたはずっと、私たちがいる今の世界ではなく、あなたが傷付いた過去の世界を見ていたのだ。だからこの家を出なかった。取り返すまで、愛されるまで、褒められるまで待ち続け、そして、最期まで出られなかった。

もうやめよう。これ以上思えば、私も同じになる。愛などここにはない。初めからなかったんだ。暗い荒野を勇ましく進まなければならない。ああ、それなのに。

間延びした「夕焼け小焼け」のメロディが鳴り響いた。たった数小節のメロディで、私はたやすく過去へ引き戻される。テープレコーダーをこの二階のリビングに持ち込んで、母と並んで録音ボタンを押した。父は一緒に歌ってくれなかった。いくら頼んでも「くだらない」の一点張りで、見かねた祖父が代わりにピアノで伴奏をつけてくれた。伴奏つきの録音なんて、クラスで私だけだった。今ならわかる。父は、自分の音感のなさを恥じていたのだ。

どうしてあんな些《さ》細《さい》な望みすら叶《かな》えてくれなかったのだろう。どうしてただの一度も、私のために、傷付いた自分を押しのけてくれなかったのだろう。母との別れ際に私ではなく兄を選んだのは、私のためでも兄のためでもなく、おじいちゃんのためだった。

——忘れたい。不毛だ。覚えていてもなんのいいこともない。変だ、と兄は言った。冬馬も同じことを言って離れていった。忘れたい。それなのに黒い恨みが、いまだ燃えている悲しみが、こびりついたまま消えてくれない。父と娘だったから悪いのだ。父親でも、錦野一幸《かずゆき》でもない、ただの個人としてあの人に会いたかった。会って、短い散歩をして、私と居るの好きだった？　と聞きたかった。そうしたらどんな答えが返っても、きっとその翌日から私はあの人を忘れられるのに。

「だいじょうぶ？」

ぱしゃん、とコップ一杯の水を投げかけるような声だった。目の前に、男の子がいる。知らない男の子だ。びっくりした顔で私を見ている。辛うじて残った社会性が、顔にぎこちない微笑みを広げた。

「だいじょうぶ。いや、あのね、これ夕焼け小焼けでしょう。この辺はそうなんだね。音楽の時間に習ったなって、思い出したらなつかしくなっちゃった。いい曲だよね」

「夕焼け小焼け、知ってるよ」

「ああ、今の学校でもちゃんと教えてるんだ」

「好き？　歌う？」

「え？」

ゆーやけこーやーけーでひーがーくーれーてー、と男の子はふわふわとした音程で歌い始めた。私の目を見て、歌わないの？　とばかりに首を傾げる。慌てて口を開いた。やーまのおーてーらーのかーねーがーなーるー、ときれいに声が重なった。おーててーつーないでみなかえろー、かーらーすといーっしょにかーえーりーまーしょー。

幼い声との合唱が終わる。

どうしてだろう。気がつけば、体の中心を蝕《むしば》んでいたどうしようもなく暗い炎が消えていた。歌声と一緒に空へと抜けた。ぽかりと生じた空洞には清々《すがすが》しく甘い痺《しび》れが残っている。風が、通る。

「ありがとう。ずっと、あなたと一緒に歌いたかったの」

「そうだったのか」

「この家を出て、今度こそ、私たちが誰にも馬鹿にされない場所に行こう」

「そんな場所どこにもないさ」

「ないなら作るの。そのために戦うのは、辛いけど、無理なことではないの。……信じて」

ソファの足元に並んだ二対の靴を見つめる。私のスニーカーと、男の子の青いゴム靴。全然違う道筋を辿り、今、ほんの一時、隣に居る。

顔を上げると、男の子は首を傾げ、ぱちぱちと不思議そうにまばたきをした。

「もうここには来ちゃダメだよ」

「なんで？」

「幽霊探しはおしまい。私も終わりにするから。ここは工事も始まるし、危ないよ」

「ふーん」

帰ろう、とうながしてソファを立つ。「夕焼け小焼け」が鳴ったのだ。もうじき暗くなるだろう。

そこで、あと一つ、始末を決めなければいけない物があることを思い出した。

「ごめん、ちょっと待って」

ふたが開かれたままのピアノへ向かい、乳色の鍵盤に指を落とす。

もう長らく調律されていないはずなのに、ポーン、と深みのある素晴らしい音がリビングいっぱいに響き渡った。豊かで、立派で、非の打ち所のない。これを愛することが出来たら素敵だった。

だけど、愛していない。いらないものだ、とはっきりわかる。

「さようなら」

一つ呟《つぶや》いてふたを閉じる。鍵は差したままにした。

仏壇の三つの位牌《いはい》を風呂《ふろ》敷《しき》にくるんで鞄《かばん》に入れ、男の子の手を取って、とん、とん、と足音を重ねて階段を下りる。換気のために開けてあったホールの窓を閉め、玄関の扉を押し開く。

町はすっかり青く沈み、もの寂しい日暮れの世界に変わっていた。西日を受けた雲だけがくすんだピンク色で、ぎらぎらと勇ましく輝いている。冷えた柔らかい風が心地よく、深呼吸をすると肺を洗われた気分になった。

施錠しようと手元を見て、私は失敗に気づいた。ホールの窓を閉めるのに気を取られて、鞄を中に置いてきてしまった。

「ごめん、ちょっと」

屋敷へ目を戻した瞬間、小さな指が手からするりと抜けた。

「あ」

足音は、しなかったと思う。

「ばいばい、明日香」

そう、小さな声がして振り返ると、男の子はもうどこにもいなかった。どこかに隠れているかもしれないのに、不思議とあの子は先に行ったのだとわかった。

中に入って鞄を拾い、ついでにホールのゴミを少し片付けて、もう一度無人の屋敷を出る。

「さようなら」

最後の言葉は、屋敷に告げた。暗い窓から、白壁から、丸っこいサンルームと、つんと尖《とが》った屋根裏部屋から「さようなら」と確かに返った。これでおしまい。もうどんな心もここには残っていない。父と祖父母の位牌は、私、兄、母、智さんでお金を出し合って、永代供養してもらうことにした。ゆーやけこーやーけーと夜風にのせて歌いながら、私も私の家へ帰った。

13

記憶を頼りに、スマホの着信履歴に残った十一桁《けた》の番号を探し出す。

これまでにもさんざん迷ったのに、発信ボタンを押そうとしてまた少し迷った。時計を見る。前に相手がかけてきたときと同じ時間帯。だからきっと大丈夫、そう迷惑にはならないはず。奥歯を噛《か》み、ぽん、と親指の腹をスマホのディスプレイに当てる。

とぅるるるる。

とぅるるるる。

とぅるるるる。

暗闇に向けて、呼び出し音が鳴り響く。なかなか回線はつながらない。スマホを耳に当て、空いた片手で薬缶《やかん》のお湯を、コーヒーの粉をセットしたフィルターに注ぐ。焦げ茶色の泡がむくむくと膨らみ、ガラス製のサーバーに香ばしい液体が溜《た》まっていく。とぅるるるる。とぅるるるる。静かな台所に白い湯気が立つ。液体が落ちる。とぅるるるる。

長い空白に、誰に電話をかけていたのだったか、一瞬、わからなくなった。出て行った女を探して、駅前に張り込んでいたという父の姿が浮かぶ。あんた、お父さんによく似てるわ。そう言ったのは母だった。それなら私が思うことは、父が思うことと近いのではないだろうか。

あの人は、妃美子ではなく佳蓮を探していたのかもしれない。一度押しやった鍵《かぎ》の在《あり》処《か》を聞き、自分が閉じ込めた幽霊と向き合い、そして、あの家を出ようとしていたのかもしれない。

ぷつ、と耳元で呼び出し音がちぎれた。

「……もしもし？」

心なしか強《こわ》ばった女の声が、おそるおそる鼓膜を震わせる。

「夜分に、ごめんなさい。錦野明日香です」

「あ……あなただったのね」

「驚かせた？」

「そういうわけじゃないけど。前に電話をかけたとき、あなたの番号を登録していなかったから。知らない番号からかかってくる電話に、あまりいい思い出がないの」

「安心して、なにも悪いことは起こってないよ。……あの家の片付けが終わったことを、言っておこうかと思って」

「あ」

じわりと妃美子の声が笑う。

「終わったのね」

「あなたたちの服も捨てちゃったよ」

「うん、それでいい。すっきりしたわ、ありがとう」

「こっちこそ、色々、助かった」

ありがとう、と神妙な心地で口にする。うん、とまた小さな相づちが返り、会話が緩やかに絶えた。心地よい沈黙に耳を澄ませる。回線の向こうから、かすかに電車の音がする。がたんごとん、がたんごとん、と重たく夜を刻んでいる。彼女はまだ外にいるらしい。なら痛ましく張り詰めた娘は、血のつながらない男と一緒に家に居るのか。それとも男も仕事に出ていて、一人で留守を守っているのか。

「佳蓮に聞いたんだけど、あなた、漫画家だったのねえ」

「あ、うん」

　会ったばかりの少女に、つい熱くなって自分のクリエイター論を力説してしまった日を思い出し、若干照れる。

「長年の謎がやっと解けたわ」

「なんのこと？」

「ほら、あの人が持ってたのよ、少女漫画。てっきり佳蓮の漫画が混ざり込んだのかと思ってたんだけど、あれはきっとあなたの本だったのね」

「……お父さんが、私の漫画を読んでた？」

「斑木アスカでしょう？　うん、確かそんな感じ、作者の名前がカタカナだった」

「そう……なんだ」

　とても不思議な感じだった。子供扱いしかされたことがない、死後の手紙ですらまともにコミュニケーションがとれなかった父は、私の漫画を読んでなにを思っていたのだろう。

「佳蓮ちゃん、いい子だね。しっかりしてる」

「そう？　ふふ……そう言われるとほっとする。私には毎日、喧嘩《けんか》腰《ごし》ですごいから。いい子だってことはわかってるけど、たまにわからなくなるの」

　苦々しく言って、妃美子はため息をつく。彼女も、娘も、それぞれの場所でうまく行くといい。家族ではないし、二人を愛しているわけでもないのにそう思う。

「こんなに好きときらいが絡まって苦しいのは、特別なことだよ」

「家族って、いつもこうよね」

　うんざりしたような物言いに、思わず笑ってしまった。妃美子も笑っているのだろう、風がぶつかる音がする。そのうちカメリアで、と声を掛け合って電話を切った。

　それから、ほんの数日後のことだった。値段のつかない家具を処分するため業者に入ってもらい、一階に置かれた父のベッドを動かしたところ、下に大量の本や雑誌が溜まっているのが見つかった。どうやら父は読み終わった本を棚に戻さず、そのまま真下に放り込む癖があったらしい。何百冊もの小説や漫画、週刊誌やエロ雑誌の中に、私の漫画が埋もれていた。『ひとり荒野で踊るなら』から『ノバラとナツオ』まで、すべて。

　鈴が鳴るような直感に導かれ、『ノバラとナツオ』の一巻を手に取る。刊行記念にサイン会が催された、思い出深い一冊だ。

　カバーを外し、表紙裏を覗《のぞ》く。嫌になるほど見慣れた丸文字が目に飛び込んできた。「佳蓮さま」という為書《ためが》きと、デフォルメしたノバラのイラスト、そして斑目アスカのサインが黒のサインペンで書き込まれている。

きっと「娘に頼まれて」とかそんな下手な言い訳をしたのだろう。父は、私の漫画を読んでいた。読んで、会って、その上でこの屋敷を譲った。何百冊というサインを行ったうちの、たった一冊だ。父に対面した瞬間の記憶はない。彼が私になにを言ったかも覚えていない。だけど私は、その一冊を鞄《かばん》にしまった。

　九月の終わりに、長引いていた母の退院が決まった。まだしばらくはギプスと松葉杖《づえ》生活になるらしい。退院後も、週に一度の外来リハビリが必要になる。いやだいやだめんどくさい、と迎えに行った母のテンションはひたすら低かった。

「こんな松葉杖でおたおた生活するより、ここにいた方が楽じゃないの」

「まあまあ、骨はくっついたし、うちに帰ったらギプスを外してゆったり湯船に浸《つ》かれるよ」

　ベッドでむくれている母の荷物を黙々と整理し、病院から借りていたものを返し、ゴミをまとめていく。母はつまらなそうに肩をすくめた。

「手際のいいこと。もうあんた、どこの清掃業者でも働けるよ」

「おかげさまで。こういうのはなんにも考えないで、さくさくやっちゃった方がいいんだ」

「あっちはもう全部片付いたの？」

「うん。今は不動産屋に入ってもらって、何軒かのレストランと交渉してる。サンルームは取り壊して、オープンテラスになりそう」

「まだ信じられないよ。あの家がレストランになるなんてねえ」

「一番おいしいお店を選ぶから、お母さんもいつか食べに来てね」

母はじわりと笑い、うんともいやとも言わない。

ベッド横に置かれた棚の一番下の段には、ガラス製の、小さなピアノの置き物が入っていた。

「なにこれ。きれい」

「ああ、それはオルゴールだよ。時々、気晴らしに屋上で聴いてたの」

母はちらりと私の目を見た。

「冬馬くんが持ってきてくれたんだ」

「冬馬が？」

「しばらく家を貸してたから、そのお礼にって」

意味がわからない。冬馬に家を、貸す？

「……もしかして、知ってたの？　冬馬が出て行ったこと」

「そりゃそうよ。あんたたち、公演の二日前によくあんな無茶したわね。一ヶ月くらいかな？　新しい住処の手配が終わるまで、冬馬くんうちから劇場やバイト先に通ってたんだよ」

「どうして教えてくれなかったの！」

ばつん、と反射的に頭の中が憎しみで焼き切れた。

「なんで、なんで隠してたの。お母さん私の味方じゃないの？」

家族なのに、ととっさに思い、愛と呼ばれる大きなナメクジが頭の中を這《は》った気がしてぞっとした。ああ、まただ。まだこれから抜けられない。母は真剣な顔で私を見返した。

「味方だよ。いつだって私はあんたと鷹光の味方だよ。冬馬くんの話を聞いてね、考えて、考えて、あんたとあの子は離れた方がいいって思ったんだ」

「勝手なことを言わないで！　そんなの、私と冬馬が決めることでしょう」

「誰だって、勝手なことしか言えないよ。明日香にとって一番いいことを、私なりに考えるしかないんだ。……あんなにいい子の冬馬くんですらどうでもいいと思うくらい、あんたの味方だよ。本当だよ」

「……お母さん、失望したでしょう。私が、お父さんと同じことして」

先ほどから指先が震えている。この人はいつだって、簡単に私を捨てられる。母はさも嫌なことを聞いたとばかりに強く顔をしかめた。

「そんなわけないでしょう。ああ……そんなところまで似るんだね。かわいそうに。愛していたから似たんだ。あんたはあの人を好きだったんだね」

母は痛みを感じるほど強く、私の手を握った。

しっかりと握られて、震え続けていた指が少しずつ止まった。

手の甲に涙がぽつりと落ちる。今までにもたくさん泣いてきたのに、苦しみや悲しみのためでなく、失われた私の家族のために泣くのは初めてだった。

古いエレベーターの扉が開いた。私は先にかご室に入り、扉の『開』のボタンを押して、ぎこちなく松葉杖を使う母を手伝う。近づいたため、母の体の匂いを感じた。病院の匂いと、知らないシャンプーの匂いと、粘っこい脂の匂いが混ざったもの。いやというほどではないけど、ずっと嗅《か》ぎ続けるには少し重い。だけど、ある程度の我慢は出来てしまう。そんな感じの匂いだった。母は気だるそうに頭上の階数を表示するランプを見上げる。

「そういえば、智さんがあんたに連絡を取りたがってたよ。携帯がつながらないって」

「ああ、うん」

また冬になったら遊びにおいでよ、魚が太ってうまいよ、と熱心な誘いの電話を受けていた時に、整理した屋敷をどうするのか再び聞かれて、つい口を滑らせた。

「レストランの経営を手伝うって」

「あらま」

「自分なら経験もあるし、家族だから私の助けになりたいんだって」

「そんなに愛想のいい人だったかね」

不思議そうに首を傾ける。私も、よくわからない。

「でもまあ、悪い話ではないんじゃない？　ノウハウがあるなら頼ってみてもいいと思うけど」

「うん……」

鈍く頷き、少し間を置いて、首を振った。

「わかんない。智さんのところに遊びに行って、楽しかった記憶もあるんだけど……なんとなく嫌なの」

母はふうん、とさほど興味もなさそうに鼻を鳴らした。

「まあ、どんな関係もだめになるときはだめになるし、悩むだけ損よ」

「そうなの？」

「そりゃあそうよ。親子だってそうなんだから」

「……ああ、わかった。お花みたいなものなんだ」

愛は花だ。運がなければすぐに枯れるし、腐ってなくなってしまう。だけど咲いていたことまで否定しなくたっていい。なくなったからって、偽物だったわけではない。昔、きれいな花が咲いていた。それでいいんだ。

私と父の間には、ある一時期、とても美しい花が咲いていた。

「あ」

「どうしたの？」

「いや、なんか。ネタが浮かんだ」

「のんきねえ。こっちはあんたの意地悪のせいで、これからどう暮らそうか悩んでるっていうのに」

タクシーの後部座席で、母は苦々しい溜め息を落とす。

「意地悪じゃないから。私とお兄ちゃんで手伝いを分担するなんて、当たり前のことだからね。ちゃんとお母さんもお兄ちゃんを説得してよ。そうじゃなきゃ、勝手にヘルパーさん頼んじゃうからね」

うわの空で私の声を聞き流し、母は痩《や》せた首を傾けて車窓を覗いた。どれだけ私の味方でも、母は母の生き方から出られない。自営業で女である私が、勤め人の男である兄と同様に責任を負って働いていることを、いくら口を酸っぱくして訴えても、とうとう母は理解しなかった。

「お母さんは、性別を理由に馬鹿にされるのが嫌で家を出たのに、どうして私には同じことをするの？」

「ええ？　なに言ってんの。馬鹿になんかしてないわよ。ただ、向いてる人がやるべきだってだけのことじゃない。それをあんたはそうひねくれて、大げさにして」

「くだらない、くだらないよ。がっかりする。笑っちゃう」

断絶は私にとっての絶望で、彼女にとっての生きる術《すべ》だ。罵《ののし》り合い、別の道を進みながら、私たちは家族を続けていく。

「いい天気ね」

白く透き通った秋の日差しが、呟《つぶや》いた母の耳たぶを染めている。

目を開くと、青暗い部屋にいた。

薄いカーテンの隙間から細い月明かりが差している。腕に力を込め、ゆっくりと体を起こす。畳に張り付いていた頬がぺりっと剝《は》がれる。

近い距離から、誰かの寝息が聞こえる。低いテーブルを挟んだ反対側に、熱を放つ豊かな体が横たわっている。ああ、アシスタントの空ちゃんだ。暗闇に目が馴染《なじ》んでいく。普段は仕事道具があふれんばかりに広げられている作業机には、空の寿司桶《すしおけ》とビールの空き缶が並んでいた。

昼過ぎに『雨が降っても晴れた部屋』第一巻の見本が片貝から届けられ、お寿司をとって三人でお祝いをしたのだ。普段は買わない高いビールをそろえ、パソコンで好きなアイドルのライブDVDを観ながら気持ちよく飲んだ。しゃべり続けて、ずいぶん笑った。夕方ごろ、家庭のある片貝は笑顔のまま、よろよろと千鳥足で帰って行った。

一体いつ眠ってしまったのか、よく覚えていない。空ちゃんは明日、お昼から別の現場だし、ちゃんと布団を敷いてあげればよかった。壁時計は二十一時を指している。台所だけ照明をつけ、かぴかぴに乾燥した寿司桶を流しに運んで水に浸けた。空き缶をすすいでゴミ袋にまとめる。なるべく音を立てないよう、静かに。暗い中で手を濡《ぬ》らしていると、意識が妙に冴《さ》えていく。

せんせー、いい作品になってよかったねえ。私もチアキちゃんたちを塗るの楽しいよ。

水音の合間から、酔っ払った空ちゃんの柔らかい声が耳によみがえる。

私ねー、最近ちょっと大変だったんだー。なんかねー、急に顔の左半分？　が動かなくなっちゃったの。疲れてるときにバイ菌が入って、神経が死んじゃったらしいんだけど、今でもちょっとバランス悪いでしょ。笑ってるのに、うまく口やほっぺたが上がらなくて。初めは全然動かなかったし、自分の顔が変になったって、頭おかしくなるくらい辛《つら》かった。外歩くのも恥ずかしくてさあ。でも本屋で、自分が関わった原稿が載ってる雑誌を見て、ぽんって最終話のチアキちゃんのことを思い出したの。ピアノがあるから辛くなっても頑張れるし、そう思える自分が好きだってところ。それで、ああそうだなあ、私もなんか、辛いけどなんとかなっちゃうなあって思った。顔が変でも、目と手さえ無事なら仕事は続けられるし、それなら今日みたいないい日が必ず来るって、私はもう知ってたから。だから、これからもがんばろうね。いい日をたくさん作ろうね。

濡れた手をぬぐい、まだ麻痺《まひ》が残っているという空ちゃんの左のほっぺたをつんとつついた。眠る体に、小さな花がぽつぽつと咲いている。そんな幻を見る。

たくさん食べて、たくさん寝て、体に力がみなぎっている。頭にも、心地よい空白がある。屋敷の整理が終わり、母が退院し、身辺がいくらか片付いたからだろう。一度ゼロになりかけていた創作欲が再びふつふつと湧き出している。

空ちゃんの顔に光がかからないよう角度を調整し、卓上ランプをつけた。白紙の自由帳のページを開き、漠然と鉛筆を走らせる。

私や父が取り憑《つ》かれていたもの。得られなかった愛を視覚化できないだろうか。そうしたら登場人物の行動も変わるんじゃないか。愛を手放すことについて、ただ悲しい以外の感情に辿《たど》り着きたい。どんなキャラクターなら体現できるだろう。思いっきりポップでかわいい主人公にして、魔女とか人魚とか、メルヘンな世界観に落とし込んだらどうか。面白い化学反応を起こせないか。

洋館、ときらめく彗星《すいせい》が頭の端を駆けた。ああ、きっと、舞台は洋館だ。私の実家によく似た閉塞《へいそく》を、突き破って出て行く物語。

二時間ほどでざっくりとした案がまとまった。パソコンを開き、メールボックスを呼び出す。

誰に相談しようか。編集者の名前がずらりと並ぶアドレス帳を眺めて少し迷う。でも、ストーリーを考えているうちから、なんとなくわかっていた。この漫画を一番しっかりと受け止めてくれるのはあの子だ。真面目で勘が鋭く、物語の脆弱《ぜいじゃく》な箇所を正確に見抜く彼女。

いやだった。でも、どう考えても緑原だった。個人的に好きだとか嫌いだとか愛のあるなしだとか、そういうものは関係なく、これを頼むならあの人だろうという瞬間が仕事にはある。私がどれだけ緑原に引け目を持っていても、連絡を取るのが恥ずかしく憂《ゆう》鬱《うつ》でも、関係ない。他の漫画家の職場で、空ちゃんの仕事を見た時もそうだった。この子が必要だと直感して連絡を取った。もちろん直感通りに物事が進まないことも多い。ただ、業界で出会った何人かはそれぞれが仕事を続ける限り、これからも顔を合わせ続ける予感がある。

緑原のアドレスを呼び出し、長いメールを書いた。あなたが正しかった、と打ち込む瞬間には息が詰まった。深呼吸をして謝罪を綴《つづ》り、最後に、見て欲しい企画がある、と打ち明ける。三度読み返してメールを送信した。もしも返事が来なくても仕方がない。そうしたら、別の相性の良さそうな編集者を探そう。ぐっと両腕を天井に伸ばし、なにか飲もうと立ち上がる。

ふいに、鞄に入れっぱなしになっていたスマホが鳴った。もう連絡が来たのか、と慌てて鞄を探る。早くメロディを止めないと空ちゃんを起こしてしまう。手帳とハンカチの間で画面を光らせたスマホをつかみ、緑色の応答ボタンを押しながら耳に当てて玄関へ向かった。仕事場は狭く、声が響くので、そっと部屋から抜け出して外階段の手すりにもたれて話すことにする。

「もしもし、斑木です」

「明日香ちゃん！　やっとつながった。携帯が壊れたのか？　心配したよ」

「智さん……」

緑原ではなかったし、そんなに慌てて取らなければならない相手でもなかった。落胆を噛《か》みつぶし、どうも、と低く挨拶《あいさつ》する。

「レストランの件だけど、うちと、あともう一軒、東京に出店したいってところが見つかったから。来週そのオーナーを連れて会いに行くよ」

「……そんな、勝手に決めないで下さい」

「なに言ってるんだ。業者も早めに押さえていかないと、どんどんオープンがずれ込む一方だぞ。まあ、任せてくれればいいから。今までカビの生えた古臭い家と理解のない親父に振り回されて、辛かっただろう。これからは遠慮なく頼ってくれ。実家だと思って、またいつでも遊びにおいで」

なめらかな、なめらかな智さんの言葉を、耳が拒んだ。智さんはいい人なのかもしれない。善意の塊なのかもしれない。でもこれ以上、一秒だってこの人の声を聞いていたくない。

この人は、私ととてもよく似ている。家族を体の結合した一つの生き物としてとらえる人だ。主導権を握るのは、一番強い頭だけ。そういう構造を本能で察して、他の家族を自分の正しさで飲み込みにかかる人だ。

私はもう、ここから出たい。父の手を引いて、出て行きたい。

「あの家を引き継いだのは私です。どう使うかも私が決めます」

「だから、そう考えるのが間違いなんだ。あのね、明日香ちゃん。もう大人なんだから、もっと資産を全体的にとらえて」

「間違えたって、いいんです」

一瞬、智さんの声が途絶えた。す、と深く息を吸い込む。近くに咲いているのだろう、金木犀《きんもくせい》の香りが鼻孔の奥までもぐり込んだ。

「すみません、これから仕事があるので失礼します。おやすみなさい」

「ちょっと、明日香ちゃん」

通話を切り、着信音をサイレントに変更して冷たい手すりにもたれた。着信を伝える画面が点《つ》いては消え、点いては消え、とまるで星でも握っているみたいに白い光が明滅する。それも五分ほどで大人しくなった。

つきつきと痛んでいた耳に静けさが戻る。深く深く、息を吐いた。

部屋に戻ると、仕事部屋の照明がついていた。

「せんせーごめんね、寝ちゃってた」

ほっぺたに畳のあとをつけた空ちゃんがぼんやりとした顔でお茶を飲んでいる。気の抜けた声に思わず笑い、私にもちょうだい、と新しいコップに急須《きゅうす》から注いで貰《もら》った。

「さっき、新しいメール来てたよ」

「え、ほんと？」

付けっぱなしのパソコンの画面を覗き込む。

メールボックスの受信トレイには、新着メールが太字で表示されていた。発信者は丸川出版、緑原薫《かおる》。タイトルは、『お打ち合わせのご相談』。

ご連絡ありがとうございます、と快活に告げる文面を、胸が締め付けられる心地でスクロールした。苦しい。難しい。また間違えるかもしれない。だけどずっと、続けていく。

そして私は再び、無明の荒野を目にしている。

広々とした青暗い舞台に、一人の男が歩み出た。

「七番、泉冬馬。劇団『大脱走』所属。よろしくお願いします！」

ネットドラマ『雨が降っても晴れた部屋』のオーディションには、二十人近い志望者が集まった。スペースの中央に立った男は歯切れの良い挨拶とともに頭を下げ、ふいに目を閉じて体の力を抜いた。芽吹きを目前にした種子のように、彼の中に凝《こご》っていく無色無形のエネルギーが見える気がした。脈打ち、うねり、徐々に高ぶりを増していく。

白い腕が振り上げられる。それが、爆発の合図だった。

「ああ、なんてことだ。この恋は必ず俺をぼろぼろにする！　彼女の弱みにつけ込んでいる、わかっている！　どんどん俺は醜くなる。どんどん俺は汚れていく！」

顔をしかめて独白する男の背後で、荒野に光が差し込んだ。彼の一挙一動に合わせてぐんぐん広がる。地響きを立てて大地が揺れ、無数の木々が、花が、獰猛《どうもう》に根を伸ばして茂っていく。周囲は息を詰めて彼が作り出す世界を見守った。

愛で結びつけなかった私たちは、これからもこの愛なき場所で、何度となく顔を合わせるだろう。

挑み、競り合い、慈しみながら、たった一人と、たった一人で。

解説　〈不在〉という道しるべ

村《むら》山《やま》由《ゆ》佳《か》

初期の作品『あのひとは蜘蛛《くも》を潰《つぶ》せない』で、彩瀬《あやせ》まるは、小説好きの読み巧者たちの話題をさらった。

「あなたのため」という呪縛。押しつけられる正しさ。愛にかたちの似た、けれど愛ではないもの。あれは、母と娘の物語だった。

いっぽう、直木賞候補にもなった『くちなし』とほぼ同時期に書かれた本作『不在』では、父と娘の関係が――というより、その関係性の〈不在〉が描かれる。

ある春の日、漫画家の明日香《あすか》は年下の恋人・冬馬《とうま》とともに古い洋館の片付けに訪れる。その家は祖父の代から続く医院の建物で、両親の離婚以来もう長らく疎遠であった父親が、明日香にと名指しで遺したものだった。

ドアを開けると玄関ホールには凝ったデザインの照明器具があり、重厚な木の階段が二階へ続く。アール・ヌーヴォーのデザインで統一された部屋の扉にはステンドグラス。

冬馬の言葉を借りるなら、

「こんな城みたいな家に生まれるとか、ぜんぜん想像できねえ」

ということになる。

が、明日香にとってその家は、良き思い出の容《い》れものとは言いがたかった。

「見てくればっかり立派で、あまり居心地のいい家じゃなかったよ」

祖父は、近所で評判の名医だったが、家族に対しては厳格で融通が利かなかった。祖母は、夫であり家長であるその祖父に決して逆らわなかった。跡継ぎの父親には医術のセンスがなく、失望した祖父は、出来の良い孫息子・鷹光《たかみつ》に期待をかける。つまり父親と明日香は、誰にも期待されない余りものの存在として同類だったのだ。

そんな父親を慕い、居場所にあぶれた彼の味方になってあげたいという明日香の望みはしかし届かない。父親はことあるごとに母親に暴力をふるい、裡《うち》へと閉じてゆく。夫に殴られ姑《しゅうとめ》にいじめられ続けた母親はある日、二人の子どもたちを連れてこの屋敷を出てゆく選択をする。明日香が決定的に傷つくのはその時だ。

両親の言い争いを止めたくて部屋に入ろうとした彼女は、あれほど仲が良かったはずの父親の口から飛び出した言葉を聞いてしまう。

「鷹光だけは置いて行け」

選んではもらえなかった。自分はお父さんにとって無意味な、必要のない存在だった。とうてい受け止めきれないこの苦しみを、明日香は「全部なかった」ことにして切り抜けようとする。今夜のことはなかった。両親の喧嘩《けんか》もなかった。自分が父親と仲が良かったなどということも、何もかも全部なかったのだ、と。

もしも相続などしなければ、その辛《つら》い思い出は彼女の心と身体のずっと深いところに埋められたまま、いずれ忘れ去られたのだろうか。しかし明日香は、扉の鍵《かぎ》を開けた。いわばパンドラの箱とも言うべき古い洋館の鍵を。

こう言っては何だが、好感度の高い主人公ではない。大人になりきれず、自己中心的で居丈高な、いやな女である。

それなのに、なぜか目を背けられない。背けたくなるとしたら、同族嫌悪の表れかもしれない。好きになれるとかなれないとかいった感情とは別のところで、私たちは彼女を無視できないのだ。

父親の暮らしの痕跡《こんせき》や、祖父母の遺品、屋敷のそこかしこに刻まれた記憶の断片。それらを掘り起こし、知らなかった家族の事情に触れるたび、明日香の日常から平穏は失われ、精神も不安定になってゆく。仕事は滞り、それまでうまくいっていたはずの冬馬との関係にも少しずつ影が差す。

狭い隘路《あいろ》へとじりじり追いつめられてゆくようなこのあたりの描写はさすがというしかない。読み手の気持ちを不穏にざわめかせる手腕にかけては、もとより当代一の書き手だ。明日香が少しずつ決定的に間違ってゆく様子を、私たちはこぶしを握りしめながら見守ることしかできない。いや待て、それだけは言っちゃ駄目だ、そういうふうに考えるのはやめろ、どれほど肩を揺さぶって諭してやりたくても、こちらの声は彼女には届かない。

やがて明日香は、まるで父親が乗り移ったかのように感情を爆発させ、顔が腫《は》れあがるまで冬馬を殴ってしまう。

痛々しい、というより痛い。恋人に肯定されたいという気持ちは誰もが抱いて当然だが、行き過ぎればそれは相手へのコントロールとなり支配となる。明日香の場合、漫画という創作を生業《なりわい》にしていることも大きかった。父親に選ばれなかった記憶からもともと自己肯定感が低く、他者から承認されることで自分を認めてきた彼女は、冬馬の口から出た、作品に対するまっとうな批評ですらも、自分への裏切りととらえてしまったのだ。もはや愛の餓鬼、くれくれオバケである。

この点に関しては、亡き父の弟である叔父の言うことがおそろしい。

「俺は、愛とか、愛情とかっていう単語に出会うたび、白くてでっかいなめくじを想像する。愛っていうのは、気持ちの悪い言葉だよ。使われるのは、基本的にそうじゃないものをそう見せようとするときだ」

このセリフを目にするなり、闇夜に背中から刺されたかのような気分に突き落とされるのはつまり、自分の中にも思い当たる節があるからだろう。愛ではないものを愛のように見せかけて、誰かをコントロールしたり干渉しようとした記憶が、そう、私にもある。

けれど、この作品の真骨頂はそのあとだ。

そもそもこの世に愛など〈不在〉であるのだと切って捨てる物語なのかと思いきや、作者は、読み手を置き去りにはしない。明日香はもとより、登場人物の誰ひとりとして断罪も否定もせずに、せめてひと筋の光が見えるところまで手を引いて連れて行ってくれる。物語に潜ませた小さな、けれど大きな伏線の回収も含めて、こちらの気持ちの納得できるところまで導いてくれる。わかりやすい幸福を手にする人物など誰も出てこないのに、読後はいとしい光がひとつ、胸の裡にぽっと点《とも》る。

終盤、明日香が、疎遠になってからの父親とある一時期ともに暮らしていた女性の娘に向かって、こんな言葉をかける場面がある。

「普通じゃないって思う人生は、困ったり、寂しかったり、大変だけど、それ以外の人生ではわからないことがたくさんわかるよ。わかったものは、あなただけのものだよ。辛いことを生き延びた先で、すごくきれいな景色を見られるよ」

なんと奥行きのある、やさしい言葉だろう。それを、亡き父親の愛という、自分がいちばん欲しかったものを手にしている少女に向かって口にできた明日香もまた、「普通じゃないって思う人生」を生き、「それ以外の人生ではわからないことがたくさんわかる」経験を通して、自らその答えをつかんだのだ。

〈不在〉とは、今このいっとき〈いない〉ことであって、〈ない〉のとは違う。きっとどこかに〈在る〉と思うからこそ、人はそれを希求する。〈不在〉はつまり、心が欲するものを探すための旅立ちのきっかけであり、道しるべでもある。

埃《ほこり》をかぶった古い過去を掘り起こし、愛の不在、関係性の不在、父なるものの不在、何であれ得られて当然のものの不在、と向き合い続けてきたはずの物語のいちばん最後に、私たちは真新しい希望へとたどりつく。

作者自身もどこかで語っていた。『あの人は蜘蛛を潰せない』では届かなかった、機能していない愛のその先の景色を目指して書いたのがこの物語なのだと。

——辛いことを生き延びた先で、すごくきれいな景色を見られるよ。

その美しい景色を私たち読者の目の前にくっきりとひろげてくれるような小説を、彩瀬まるは書いてきた。書いている。そしてきっと、この先も書いてくれる。

本書は、二〇一八年六月に小社より刊行された
単行本を文庫化したものです。

不在《ふざい》

彩瀬《あやせ》まる

令和３年　４月25日　初版発行

発行者●堀内大示

発行●株式会社KADOKAWA
〒102-8177　東京都千代田区富士見2-13-3
電話　0570-002-301（ナビダイヤル）

角川文庫 22635

印刷所●株式会社暁印刷
製本所●株式会社ビルディング・ブックセンター

表紙画●和田三造

●お問い合わせ
https://www.kadokawa.co.jp/（「お問い合わせ」へお進みください）
※内容によっては、お答えできない場合があります。
※サポートは日本国内のみとさせていただきます。
※Japanese text only

ISBN 978-4-04-111229-8　C0193

JASRAC 出 2102203-101

角川文庫発刊に際して

角川源義

第二次世界大戦の敗北は、軍事力の敗北であった以上に、私たちの若い文化力の敗退であった。私たちの文化が戦争に対して如何に無力であり、単なるあだ花に過ぎなかったかを、私たちは身を以て体験し痛感した。西洋近代文化の摂取にとって、明治以後八十年の歳月は決して短かすぎたとは言えない。にもかかわらず、近代文化の伝統を確立し、自由な批判と柔軟な良識に富む文化層として自らを形成することに私たちは失敗して来た。そしてこれは、各層への文化の普及滲透を任務とする出版人の責任でもあった。

一九四五年以来、私たちは再び振出しに戻り、第一歩から踏み出すことを余儀なくされた。これは大きな不幸ではあるが、反面、これまでの混沌・未熟・歪曲の中にあった我が国の文化に秩序と確たる基礎を齎らすためには絶好の機会でもある。角川書店は、このような祖国の文化的危機にあたり、微力をも顧みず再建の礎石たるべき抱負と決意とをもって出発したが、ここに創立以来の念願を果すべく角川文庫を発刊する。これまで刊行されたあらゆる全集叢書文庫類の長所と短所とを検討し、古今東西の不朽の典籍を、良心的編集のもとに、廉価に、そして書架にふさわしい美本として、多くのひとびとに提供しようとする。しかし私たちは徒らに百科全書的な知識のジレッタントを作ることを目的とせず、あくまで祖国の文化に秩序と再建への道を示し、この文庫を角川書店の栄ある事業として、今後永久に継続発展せしめ、学芸と教養との殿堂として大成せんことを期したい。多くの読書子の愛情ある忠言と支持とによって、この希望と抱負とを完遂せしめられんことを願う。

一九四九年五月三日

角川文庫ベストセラー

チョコレートコスモス　恩田　陸

無名劇団に現れた一人の少女。天性の勘で役を演じる飛鳥の才能は周囲を圧倒する。いっぽう若き女優響子は、とある舞台への出演を切望していた。開催された奇妙なオーディション、二つの才能がぶつかりあう！

夢違　恩田　陸

「何かが教室に侵入してきた」。小学校で頻発する、集団白昼夢。夢が記録されデータ化される時代、「夢判断」を手がける浩章のもとに、夢の解析依頼が入る。子供たちの悪夢は現実化するのか？

雪月花黙示録　恩田　陸

私たちの住む悠久のミヤコを何者かが狙っている……！　謎×学園×ハイパーアクション。恩田陸の魅力全開、ゴシック・ジャパンで展開する『夢違』『夜のピクニック』以上の玉手箱!!

失われた地図　恩田　陸

これは失われたはずの光景、人々の情念が形を成す「裂け目」。かつて夫婦だった鮎観と遼平は、裂け目を封じることのできる能力を持つ一族だった。息子の誕生で、２人の運命の歯車は狂いはじめ……。

幸福な遊戯　角田光代

ハルオと立人とわたし。恋人でもなく家族でもない者同士の共同生活は、奇妙に温かく幸せだった。しかし、やがてわたしたちはバラバラになってしまい――。瑞々しさ溢れる短編集。

角川文庫ベストセラー

愛がなんだ　角田光代

OLのテルコはマモちゃんにベタ惚れだ。彼から電話があれば仕事中に長電話、デートとなれば即退社。全てがマモちゃん最優先で会社もクビ寸前。濃密な筆致で綴られる、全力疾走片思い小説。

薄闇シルエット　角田光代

「結婚してやる」と恋人に得意げに言われ、ハナは反発する。結婚を「幸せ」と信じにくいが、自分なりの何かも見つからず、もう37歳。そんな自分に苛立ち、戸惑うが……ひたむきに生きる女性の心情を描く。

女神記　桐野夏生

遙か南の島、代々続く巫女の家に生まれた姉妹。大巫女となり、跡継ぎの娘を産む使命の姉、陰を背負う宿命の妹。禁忌を破り恋に落ちた妹は、男と二人、けして入ってはならない北の聖地に足を踏み入れた。

緑の毒　桐野夏生

妻あり子なし、39歳、開業医。趣味、ヴィンテージ・スニーカー。連続レイプ犯。水曜の夜ごと川辺は暗い衝動に突き動かされる。救急救命医と浮気する妻に対する嫉妬。邪悪な心が、無関心に付け込む時——。

水やりはいつも深夜だけど　窪美澄

思い通りにならない毎日、言葉にできない本音。それでも、一緒に歩んでいく……だって、家族だから。もがきながらも前を向いて生きる姿を描いた、魂ゆさぶる6つの物語。対談「加藤シゲアキ×窪美澄」巻末収録。

角川文庫ベストセラー

角川文庫ベストセラー

夜に啼く鳥は　千早　茜

少女のような外見で150年以上生き続ける、不老不死の一族の末裔・御先。現代の都会に紛れ込んだ御先は、縁のあるものたちに寄り添いながら、かつて愛した人の影を追い続けていた。

ロマンス小説の七日間　三浦しをん

海外ロマンス小説の翻訳を生業とするあかりは、現実にはさえない彼氏と半同棲中の27歳。そんな中ヒストリカル・ロマンス小説の翻訳を引き受ける。最初は内容と現実とのギャップにめまいものだったが……。

月魚　三浦しをん

『無窮堂』は古書業界では名の知れた老舗。その三代目に当たる真志喜と「せどり屋」と呼ばれるやくざ者の父を持つ太一は幼い頃から兄弟のように育つ。ある夏の午後に起きた事件が二人の関係を変えてしまう。

白いへび眠る島　三浦しをん

高校生の悟史が夏休みに帰省した拝島は、今も古い因習が残る。十三年ぶりの大祭でにぎわう島である噂が起こる。【あれ】が出たと……悟史は幼なじみの光市と噂の真相を探るが、やがて意外な展開に！

高校入試　湊　かなえ

名門公立校の入試日。試験内容がネット掲示板で実況中継されていく。遅れる学校側の対応、保護者からの糾弾、受験生たちの疑心。悪意を撒き散らすのは誰か。人間の本性をえぐり出した湊ミステリの真骨頂！

角川文庫ベストセラー

いつかパラソルの下で　森　絵都

厳格な父の教育に嫌気がさし、成人を機に家を飛び出していた柏原野々。その父も亡くなり、四十九日の法要を迎えようとしていたころ、生前の父と関係があったという女性から連絡が入り……。

宇宙のみなしご　森　絵都

真夜中の屋根のぼりは、陽子・リン姉弟のとっておきの秘密の遊びだった。不登校の陽子と誰にでも優しいリン。やがて、仲良しグループから外された少女、パソコンオタクの少年が加わり……。

ラン　森　絵都

9年前、13歳の時に家族を事故で亡くした環は、ある日、仲良くなった自転車屋さんからもらったロードバイクに乗ったまま、異世界に紛れ込んでしまう。そこには死んだはずの家族が暮らしていた……。

クラスメイツ〈前期〉〈後期〉　森　絵都

部活で自分を変えたい千鶴、ツッコミキャラを目指す蒼太、親友と恋敵になるかもしれないと焦る里緒……中学1年生の1年間を、クラスメイツ24人の視点でリレーのようにつなぐ連作短編集。

リズム／ゴールド・フィッシュ　森　絵都

中学1年生のさゆきは、いとこの真ちゃんが大好きだ。高校へ行かずに金髪頭でロックバンドの活動に打ち込む真ちゃんとずっと一緒にいたいのに、真ちゃんの両親の離婚話を耳にしてしまい……。